KB106441

도전과
열정으로
인생을
채워라!

도전과 열정으로 인생을 채워라!

발행일 2022년 10월 21일

지은이 배봉자
펴낸이 손형국
펴낸곳 (주)북랩
편집인 선일영
편집 정두철, 배진용, 김현아, 장하영, 류휘석
디자인 이현수, 김민하, 김영주, 안유경
제작 박기성, 황동현, 구성우, 권태련
마케팅 김회란, 박진관
출판등록 2004. 12. 1(제2012-000051호)
주소 서울특별시 금천구 가산디지털 1로 168, 우림라이온스밸리 B동 B113~114호, C동 B101호
홈페이지 www.book.co.kr
전화번호 (02)2026-5777
팩스 (02)2026-5747

ISBN 979-11-6836-548-3 03810 (종이책) 979-11-6836-549-0 05810 (전자책)

현대정신과 함께한 나의 42년

도전과 열정으로 인생을 채워라!

배봉자 에세이

타이피스트로 출발해 책임 매니저에 오르기까지
도전과 열정으로 채운 현대중공업 42년!
정년 퇴임을 앞두고 세상에 전하는
배봉자의 인생 이야기!

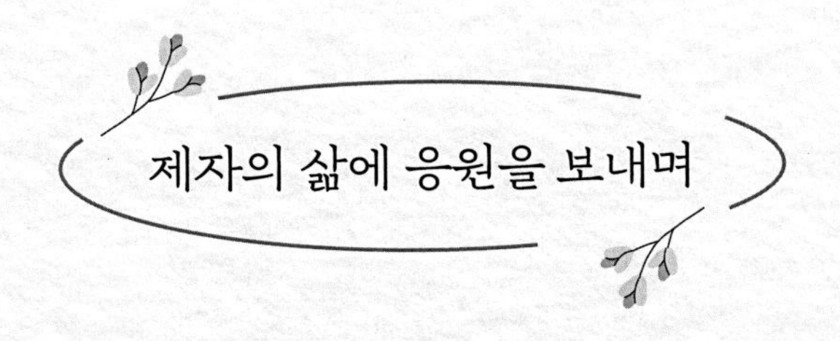

제자의 삶에 응원을 보내며

굴지의 대기업에 취업하여 정년을 맞기까지 최초라는 수식어를 몇 개나 달 정도로 개척 일변도의 직장 생활을 한 봉자에게 격려의 박수, 치하의 박수를 아니 보낼 수 없다. 3, 40년 전에는 여성이 결혼을 하면 공무원 외는 거의 직장을 그만두어야 했고 사내 연애는 허용되지 않았다. 결혼 휴가, 출산 휴가, 육아 휴직, 승진, 정년퇴직…. 여직원 미스 김, 박 양에게는 감히 꿈도 꿀 수 없는 단어들이었다. 배봉자는 그 벽을 깨며 직장사를 새로 쓰고 후배에게 새 길을, 새 문화를 열었다. 배봉자는 평생을 '을'로 살았다고 한다. 주류로 살지는 못했지만 그렇다고 약자나 피해자 코스프레를 하며 살았다는 말이 아니다. 갑질을 하지 않고 살았다는 말이다.

고관대작이 아니더라도 굴지의 부호가 아니더라도 어쭙잖은 권력을 행사하고자 하는 사람들이 참으로 흔하다. 손위라고 자기가 하기 싫은 일은 아랫사람에게 이것저것 다 시키는 사람들, 길 가는 외지인에게 길을 막아서서 훼방하거나 돈을 뜯는 사람들, 손님 행색 봐 가며 달리 대우하는 상인과 점원들, 점원이 마음에 안 든다고 꿇어앉히거나 빰을 갈기는 고객들, 권력 자리에 앉았다고 나는 무슨 짓 해도 괜찮고 너는 안 된다는 내로남불 졸자들, 열거하기 부끄러울 정도로 갑통짓은 국민 로망인 것처럼 유행해 왔다.

이런 부당한 사고 · 관습이나 권력에 맞서서 사람 위에 사람 없다는 마음으로, 인간 존엄성을 찾고자 하는 일념으로 살아왔다는 것이다. 특히 배봉자는 여성의 입장에서 아직도 우리 사회가 남성의 위력에 의한 불평등한 일이 다반사로 일어나는 일에 주목하고 있다.

80년대 초반까지만 해도 '가수나'는 고등교육 받기도 어려웠다. 오빠나 동생을 위해 공장에 가거나 남의 집 식모살이로 돈을 벌어야 하는 일이 흔했다. 그 부당한 대접을 끊어 내기 위해 현명하고 용감한 어머니들이 공원으로, 식모살이로, 행상으로 직업을 바꾸거나 일을 해서 딸들을 공부시켰다. 미약하나마 여성 일꾼들이 사회에 진출하는 기회가 늘어 갔고 당당히 행세하는 여성도 많아졌다. 처음엔 여성이 일하는 환경, 제도나 시설은 열악하고 낙후했으나 많은 사람의 노력과 의식 변화로 움막이 토담집으로, 시멘트 블록집, 철근집으로, 단열재 쓴 미관이 수려한 집으로 바뀌듯 외형상 여건은 점차 나아졌다. 하지만 여성을 '가수나'로 보는 의식은 도저히 바뀌는 것 같지 않다. 여성을 향한 그 갑질이나 폭력은 여성, 인간에게 회복할 수 없는 깊은 상처를 준다는 점에서 행위자의 각성이 절대로 필요한 일이다.

혼자서는 못 살고 다 같이 살아가야 하는 것이 세상이라는 것을 인간 누구나 깨닫는 날이 와야 한다. 부조리한 점을 고쳐 내고 상대방을 존중하는 문화를 만드는 일에, 인간 존엄을 찾는 일에 일조해 온 봉자에게 박수를 보낸다. 손톱만 한 힘도 자랑하고 휘두르고 싶은 인간이 각성하는 날이 어서 와서 배봉자의 노력이 결실을 맺기 바란다.

- 중3 담임, 이원지 선생님

프롤로그

자신을 과대평가하는 것만큼 위험한 것은 없다. 그럼에도 불구하고 내 입으로 말하기 부끄럽지만 '꾸준함과 성실함'이야말로 나의 특기라고 감히 말한다. 꾸준함의 원동력은 무엇일까? 직장 생활을 하는 동안 전문성이 부족해 비참함을 느낀 적이 있다. 그래서 무언가를 이룬 사람들을 관찰한 결과, 그들은 무슨 일이든 꾸준하고 성실하게 했고 그것이 성공으로 이끈 비결임을 알게 되었다. 가끔 내가 하고 있는 일에 회의가 들 때도 있었다. 그러면 매일 한 단락의 일본어 문장을 외우고 10개의 일본어 단어(숙어)를 외웠다. 또 일본 만화책도 읽고, 영화 '지금 만나러 갑니다'의 영화 대사가 우리말로 들릴 정도로 보고 또 보기를 반복했다. 그런 필사의 노력은 하버드대와 서울대를 졸업한 연구소의 박사들조차 일본어 논문과 기술정보가 나의 도움으로 번역이 완성되는 기쁨도 느낄 때가 많았다. 열심히 하면 무언가에 성과를 내지 못하더라도 최소한 나 스스로에 대한 만족감, 자존심은 지킬 수 있을 것이라고 생각했다. 그리고 높은 자존감은 원만한 인간관계도 만들어 주었다. 지금까지 뚜벅뚜벅 걸어온 나의 시간을 무의미하게 사라지게 하고 싶지 않았다. 살아온 과정, 지나온 삶의 발자취를 기록해 오래오래 반추하고 싶었다. 내 글을 읽고 평가할 타인의 시선이 두렵기도 하다. 어쩌면 누군가에게 상처를 줄 수도 있고 언짢아하는 동료와 상사들도 분명히 있을 수 있을 것이다. 하지만 내 삶에 대한 흔적을 남기면서 누군가에게 도움이 되는 정보도 줄 수 있다는 생각이 들어 나의 글을 한번 써 보기로 한다. '나, 배봉자'라는 한 인간에게 집중해서 지금까지 직장 생활을 하면서 매일 일기처럼 적어왔던 업무 수첩을 중심으로 정리해 봤다. 힘들었던 이야기, 감추고 싶었던 나의 부정적인 감정들을 드러냄으로써 내 지난 날의 한풀이 장이 될 우려도 있다. 하지만 가족에게조차 힘들다는 이야기를 쉽게 하지 못했던 내가 누구나 볼 수 있는 세상에 내 이야기를 드러내 놓는다는 것이 쉽지 않은 결정이었지만 색다른 경험이고 도전이기도 하기에 용기를 내어 보기로 했다.

Contents

challenge &
passion

challenge & passion

1

제1부

어린 시절(학창 시절)

♦ 동생들은 내 분노의 쓰레기통?

내 고향 마을은 겨우 30여 가구 모두가 청학동을 등지고 남쪽을 향해 있다. 여느 산골 마을처럼 마을 앞과 옆으로 냇물이 흘러 내렸다. 여름철 장마엔 제법 큰 물줄기가 만들어지곤 했다. 비가 그치고 하루 이틀 지나면 무섭게 흐르던 냇물은 동네 아이들이 멱을 감는 놀이터로 변했다. 베이비붐 세대로 한 집에 아이가 4~5명 정도로 꽤 많았다. 또래 친구는 모두 8살이면 초등학교에 입학했다. 농사일이 많고 돌봐야 할 동생이 일곱이나 되는 나는 1년이 늦은 9살에 입학했다. 친구들이 모두 학교에 가고 나면 그 당시 막내동생은 업고 바로 위 동생은 손을 잡고 하교하는 친구들 마중을 나가곤 했다. 그럴 때마다 어린 동생들은 내 '분노의 쓰레기통'이 되었다. 친구들처럼 학교에도 못 가고 이 고생을 한다고 생각되니 미워서 동생의 손과 엉덩이를 꼬집기도 했다. 친구들 마중 길에 오래된 무덤이 있는 마을 진입로를 지날 생각에 걱정도 태산이다. 어른들에게 들은 이야기 때문에 한낮에도 혼자 지나가기 무서운 곳이지만 어린 동생들이 그때는 천군만마로 힘이 되어 주었다. 하교하는 친구들을 중간에서 만나 놀려고 나가는 마중 길이 너무 빨라서 학교까지 갈 때도 있었다. 그러면 텅 빈 운동장에서 동생들과 그네와 시소를 타면서 친구들을 기다리기도 했다. 그런 나의 속 마음을 친구들도 알아주고 집으로 가는 길에 어린 동생을 대신 업어 주기도 했다. 뜨거운 여름철에는 열기로 내 등과 동생의 엉덩이는 땀 범벅이 되었다. 미처 갈아 주지 못한 천 기저귀는 동생의 대소변으로 여린 엉덩이는 벌겋게 부어 있곤 했다. 내 등도 따갑고 쓰라린데 말도 제대로 못 하는 어린 동생의 엉덩이는 오죽했을까? 그땐 나도 어린 철부지였다. 그러면 어김없이 동네 어귀의 냇물에 온몸을 담그고 멱을 감았다. 옷을 입은 채로 강물에 풍덩 뛰어들어 입술이 새파래질 때까지 물장구를 쳤다. 그러다가 크고 넓적한 바위 위에 배를 깔고 눕거나 등을 대고 잠시만 있어도 젖은 옷은 금방 뽀송뽀송해진다. 따갑고 쓰라린 등과 동생의 엉덩이에 시원한 냇물은 소독약으로, 햇살로 데워진 바위는 '엄마 손 약손'이 되어 주었다. 친구들과 편을 나누어 물장구를 치다 보면 많은 양의 물이 귀에 들어가 먹먹해지고 아무 소리도 들리지 않는다. 그러면 물이 들어간 귀를 따끈따끈한 바위 위에 대고 옆으로 눕는다. 그리고 반대쪽 귀를 손바닥으로 톡톡 두드린다. 귀 안에서 뜨끈한 한줄기의 물방울이 주르륵 흘러내리고 귀도 뻥 뚫린다. 뜨겁게 달아오른 바위의 열기가 귀에 들어간 물을 빨대처럼 빨아 당기는 느낌이었다. 그동안 쌓였던 내 분노의 덩어리마저 녹아서 빠져나온 듯 개운하기도 했다. 그래서인지 어린 동생을 돌보느라 지친 탓인지 바위에 엎드린 채 잠깐 잠이 들기도 했다. 그리고 또 다시 냇물에 몸을 던졌다가 다시 걷기를 두서너 번은 하고서야 집에 도착하곤 했다. 물놀이를 하는 동안 어린 동생들의 안전이 늘 걱정이었다. 친구들과 신나게 놀다 보면 동생들에게 미안해지고 마음이 더 쓰였다. 그런 동생의 안전한 보호를 궁리 끝에 냇가 옆 무덤(산소) 위에 앉혀 놓았다. 그러자 신기하게도 무덤 위의 잔디를 두 손으로 꽉 움켜쥐고는 절대로 내려오지 않았다. 무덤 아래 바닥에는 이름 모를 벌레들과 날카로운 자갈(잔돌)이 많았고 가끔은 독이 있는 뱀(독사)도 보였다. 어린 동생들도 무덤 위에 있는 것이 안전하다는 것을 본능적으로 알았던 것이다. 그래도 나와 친구의 가장 큰 관심은 신나게 놀면서도 동생을 잘 돌보는 것이었다. 많은 농사일과 돌봐야 할 동생들 때문에 늦었던 입학과 친구들과 노는 시간도 부족했던 나는 불만도 많았다. 그럴 때마다 원망을 쏟아놓는 '분노의 쓰레기통' 역할은 죄 없는 어린 동생들이었다. 그래도 꽉 차버린 '분노의 쓰레기통'을 비워내 주고 함께 해 주던 고향 친구들이 있어 좋았다. 그리고 향기로운 찔레꽃이 만발하는 들판에서 마른 풀들을 모아 불을 지펴 구워 먹던 밀, 보리의 구수한 맛은 지금도 잊을 수가 없다. 심심하고 배고플 때 꺾어서 벗겨 먹었던 찔레순도 최고였다. 산과 들판에는 오디, 삘기꽃(삐삐) 등의 주전부리가 지천으로 널려 있었다. 유년 시절의 고향과 동무들이 새삼 그립다.

♦ 그 시절, 동네에서 유일하게 TV 있던 집

'쥐를 잡자', '둘만 낳아 잘 기르자' 정부의 정책을 나타내는 포스터와 표어들은 지금과는 전혀 동떨어진 70년대 시대상이다. 텔레비전에서는 '김일 선수의 박치기' 장면이 펼쳐진다. 동네에서 유일하게 우리 집에만 있는 텔레비전을 보기 위해 평상(와상)과 깔아 놓은 멍석 위에 둘러앉아 '김일 선수의 박치기'에 환호한다. 온 동네 사람들이 단체로 박수를 보냈던 시절이 엊그제 같다. 경상남도 하동군 악양면 매계국민학교 3학년(1973년) 배봉자 학생은 어느 날, TV(그 당시 흑백)를 읍내 매장에서 외상으로 구입했다. 주인과 함께 집에 와서는 아버지한테 TV값을 지불해 달라고 했다. 당연히 크게 꾸중을 들을 것은 각오했다. 그런데 예상외로 아버지는 나에게 어떤 말씀도 하지 않았다. TV를 집에 두고 가면, 비용은 그다음 해에 지불하겠다고 주인한테 양해를 구했다. 그 해 농사지은 벼(나락)는 우리 식구가 1년 동안 먹을 양식만 남겨 놓고 모두 수매(판매)를 했기 때문에 TV값을 지불할 수 없었기 때문이었다. 이렇게 텔레비전의 외상 구매는 성공적으로 끝났다. 그 당시 흑백 텔레비전 1대 가격이 벼 30가마 가격이라는 것은 이번에 아버지의 진술로 알게 되었다.

아버지는 2021년 6월, 대장암 수술로 열흘간 병원에 입원하셨다. 입원해 있는 동안 부녀는 많은 대화를 할 수 있었다. 그때 우리 집 최초로 텔레비전을 구입한 추억을 소환해서 말씀하셨다. 아버지도 텔레비전을 보고 싶었던 차에 딸이 저질러줘서 오히려 잘 된 거 아니었냐는 농담 섞인 대화를 하던 그 순간이 지금은 그립다. 아마 그때 내가 1년 동안 지은 벼농사로 얻은 벼 30가마 가격을 지불해야 TV 1대를 살 수 있다는 것을 알았더라면 간 크게 그런 황당한 일을 벌이지는 않았을 것이다. 사실 나는 오래전 일이라 상세하게 기억도 나지 않았다. 다만, 어릴 때 TV가 우리 집에만 있었기 때문에 온 동네 사람들이 모여 늦은 밤까지 TV를 시청했던 정겹고 아름다운 추억으로만 기억에 생생하다. 1974년 8월 15일 육영수 여사님(박정희 대통령 부인) 서거 시에 온 동네 사람들이 우리 집 흑백 TV 앞에 모여서 국민장을 시청하면서 통곡했던 모습도 선명하게 기억 속에 있다.

1971년 겨우 62만 대에 불과했던 우리나라 텔레비전 보급 대수는 1975년에 2백만 대, 1980년대에 660만 대로 기하급수적으로 늘어나 대중문화의 핵심적인 위치를 차지했다. 이제는 텔레비전 없는 일상생활을 상상하지 못할 것이다. 자의든 타의든 이미 우리 삶 깊숙이 자리 잡았다. 가정, 학교, 직장에서 텔레비전이 제공하는 이야깃거리로 인간관계를 맺기도 한다. 그런 점에서 텔레비전은 일상생활에서 빼놓을 수 없는 친구임이 틀림 없다. 최근 코로나 시기에는 특히, 근무 시간과 잠자는 시간을 빼고는 가장 많은 시간을 텔레비전과 보낸 것 같다. 별다른 의심 없이 극히 자연스럽게 검은 상자(바보상자), 텔레비전 없이는 생활하기가 어렵게 되어 버린 상황은 참으로 놀라운 일이 아닐 수 없다. 밤 9시의 KBS 뉴스와 '가요무대'는 챙겨 보셨던 아버지와 연속극 내용이 현실인 줄로만 아시고 울고 웃으셨던 어머니가 너무 그립다.

◆ 공산당이 남쪽에 있었더라면……

라떼(나 때)의 초등학교에서는 매년 6월이면 6.25를 기념하는 소재로 포스터 그리기와 반공 웅변대회를 개최했다. "1950년 6월 25일 새벽, 북한의 붉은 무리는 우리나라를 불법 남침하여 비극적인 6 · 25전쟁이 일어났던 것입니다. 이 얼마나 통탄할 사건입니까? 여러분!" 이런 식의 신파조 내용이었다. 1970년대 중 후반에는 연사들이 손과 발을 많이 움직이고 목소리를 한껏 높여 소리를 지르는 열정적인 웅변을 했었다. 마지막 부분에서는 거의 모두 한 손으로 단상(연단)을 '탁' 치거나 두 손을 높이 쳐들고 "이 연사 소리 높여 외치는 바입니다~"그러면서 끝을 내던 유형의 웅변이었다. 그 당시 정치 선거 후보들의 선거 연설과 대중 연설도 마찬가지였다. 초등학생 배봉자의 존재감은 학교 내외에서 상당했다. 달리기(육상), 웅변대회, 고전 읽기, 일기 쓰기 등 무슨 대회든 참여했다. 당연히 학교 성적도 우수했다. 5월 8일 어버이날 행사에도 남학생과 짝이 되어 '아버님 날 낳으시고 어머님 날 기르시니'라는 주제로 만담(개그)도 했다. 매년 졸업식의 축사와 답사도 언제나 내 몫이었다. 그런 전력으로, 매년 6월에 개최되는 반공 웅변대회에도 빠질 수가 없었고 1등은 언제나 나의 것이었다. 그리고 학교 대표로 3개 초등학교 대항 웅변대회에 참석도 했다.

악양면에는 3개의 초등학교가 있었다. 모교인 매계국민학교는 두메산골 청학동 바로 아래 위치한 곳으로, 학년별 2개 반으로 제일 작았다. 그다음 축지국민학교가 조금 더 컸고, 면 소재지에 위치한 악양국민학교가 모교보다 2배 이상의 규모로 가장 큰 학교였다. 매년 6월이면 이 3개 학교에서 입상한 대표들이 모여서 학교 대항 웅변대회가 치러졌다.

1975년 6월, 악양국민학교 운동장에서 1천여 명의 전교생과 교직원들 앞의 높은 연단에서 마이크를 잡고 원고도 없이 웅변하는 것은 쉽지 않은 일이었다. 더군다나 모교가 아닌 남의 학교에서 대표로서는 첫 출전이었기에 긴장도 되었다. 하지만 충분한 연습이 있었기에 자신 있게 연단에 올랐다. 시작은 순조로웠다. 중간을 지나 거의 마지막 부분의 "저 북쪽의 공산당…." 대목에서 오른손을 번쩍 들어 북쪽을 가리키며 소리 높여 외쳐야 하는데 그만 남쪽 방향을 가리키면서 소리를 질러버렸다. 수 없이 연습하고 또 연습했는데, 모교가 아닌 다른 학교라 순간적으로 헷갈려서 반대 방향을 가리켰던 것이다. 운동장에서는 순식간에 박장대소가 터져 나왔고 아우성이었다. 왜 웃는지, 실수를 한 것조차도 알아채지 못하고 웅변은 더 격정적으로 이어졌다. 꿋꿋하게 아랑곳하지 않고 또다시 '이 연사 소리 높여 외칩니다'고 자신감 있는 마무리를 했다. 결과는 어떻게 되었을까? 1등은 놓쳤지만 2등을 했다. 그리고 많은 사람들 앞에서 연설이나 강의하는 것이 크게 어렵지 않게 되었다. 그것은 초등학교 때의 웅변 연습이 큰 역할을 한 게 아닌가 생각한다. 감사하다. 무슨 일이든 열심히 노력했던 경험이 나중에 많은 도움이 된다는 것은 세상의 진리인 것 같다. 40년도 훨씬 지난 유년기의 아름다운 실수의 추억담이다. 매년 봄이면 3개 초등학교 총동창회가 하나 남은 악양초등학교에서 성대하게 치러진다. 남쪽을 향해서 북쪽이라고 소리높이 외쳤던 실수담이 어김없이 선후배들의 안주거리로 등장하곤 했다. 그 당시 웅변대회에서 원고 내용을 잊어버려 더듬거리던 후배와 중간에 내용을 빼 먹고 당황했던 친구들 모두가 그립다.

♦ 밀주와 새참

정확한 주량을 알지도 못하고 밝힐 수도 없지만, 한때 주당으로 소문이 났었다. 아마도 어릴 적부터 집에서 만들어서 마셨던 밀주(허가 없이 집에서 막걸리를 담금)와 술지게미 덕분일 것이다. 쌀농사를 많이 지었고 제사가 많았던 우리 집에서는 맵쌀로 막걸리를 자주 빚었다. 막걸리를 걸러내고 남는 술지게미(찌꺼기)에 사카린(설탕)을 넣고 끓였다가 식히면 새콤달콤한 간식거리가 되었다. 술지게미를 처음 먹을 땐 달달하고 도수가 낮아 쉽게 취하지 않는다. 시간이 지날수록 술기운이 서서히 올라와 어른 아이 할 것 없이 취해서 쓰러져 곯아떨어지는 진풍경이 펼쳐지곤 했다. 그리고 먹다가 남은 막걸리는 유리병에 담아서 부엌의 부뚜막에 올려 두면 저절로 막걸리 식초가 만들어진다. 70년대 이전에는 집집마다 밀주(막걸리)를 집에서 담가서 마셨다. 벼농사가 많은 시골은 가을걷이가 끝나면 곡식들이 풍족했다. 가마니를 만들거나 새끼 꼬는 일 외에는 큰일이 없는 농한기는 봄까지 한가했다. 마을 어른들은 날이면 날마다 술 마실 거리를 만들어 낸다. 모이면 막걸리를 마시는 건 기본이었고 열댓 살만 돼도 술을 마셨다. 그런 상황에서 집집마다 밀주를 담가 두지 않을 수 없었다. 그래서 늘 술이 흔했고 술 인심도 좋았다. 온 동네에서 밀주를 담근다는 사실은 비밀도 아니었다. 1995년까지 집에서 술을 빚지 못하게 하는 법률이 시행되면서 술 빚는 것은 불법이었지만 밀주를 단속하는 공무원(밀주 단속원)도 당연히 알고 있었다. 그들도 친구들을 만나면 함께 밀주를 마셨고 그 밀주로 조상께 제사도 지냈을 것이다. 밀주를 단속 나오는 마을에 단속원의 친척과 친구가 없을 리 없다. 그런 처지에 인정사정없이 밀주를 적발하기는 곤란했을 것이다. 때문에 단속반이 마을에 뜨는 순간 온 마을에 정보가 쫙 퍼졌던 것이다. 집집마다 술독(항아리)을 숨긴다고 야단법석을 떨곤 했다. 어린 나는 밀주 단속원이 무섭기도 했지만 밀주를 왜 단속하는지도 몰랐다. 우리 집에서 우리 쌀로 우리 독(항아리)에 술을 담그는데 왜 단속하고 난리를 치는 건지 이해할 수 없었다. 무서운 단속원을 피해 밀주를 숨긴 곳간이나 은밀한 장소에 숨었다가 잠이 들기도 했다. 밤새 밀주와 함께 숨었다가 밀주를 걸러서 새참을 내야 하는 엄마한테 발각되기도 했다. 9남매 대 식구 우리 가족은 한두 명이 안 보여도 티가 나지 않았다.

고향의 모내기 새참은 언제나 팥칼국수와 막걸리였다. 푹 삶은 팥물에 칼국수를 넣고 큰 가마솥에 끓인다. 엄마는 그 뜨거운 팥죽을 양동이에 담아서 머리에 이고 논두렁 위를 걸어서 새참을 내셨다. 모내기 철의 논두렁은 아주 미끄러웠다. 거기다 논두렁 위에 심어놓은 콩을 밟지 않으려면 중심을 제대로 잡고 걸어야 했다. 막걸리 주전자와 물 주전자를 양손에 들고 엄마 뒤를 따라 새참을 내는 것도 내 몫이었다. 한 번은 양손에 주전자를 들고 논두렁 위를 걷다가 중심을 잃고 넘어져 막걸리를 다 쏟아버린 적도 있다. 저만큼 논두렁 끝까지 그 무겁고 뜨거운 팥죽 양동이를 이고서 허겁지겁 되돌아왔던 엄마가 그립다. 뜨거운 팥죽 양동이도 미끄러운 논두렁도 어린 딸을 걱정하는 모성애는 당해낼 수 없었을 것이다. 집에서 멀리 떨어진 논밭으로 새참을 내는 날이면 앞서가는 엄마와 뒤를 따르는 어린 딸은 자꾸만 멀어져 갔다. 양손에 든 주전자는 무겁고 또 더워서 갈증도 났다. 그러면 양손의 막걸리와 물을 한 모금씩 번갈아 가면서 마시곤 했다. 두 번 세 번 마시다 보면 막걸리 양이 훨씬 더 많이 줄어든다. 그러면 물 주전자의 물을 막걸리 주전자에 부어서 양을 조절하기도 했다. 새참을 드시는 동네 어른들과 엄마도 이미 모든 사실을 알고 있는 눈치였다. 그래도 엄마는 '오늘은 막걸리가 좀 싱겁게 걸러졌다', '들고 오다가 출렁거려서 좀 쏟아졌다'고 하얀 거짓말을 해 주시곤 하셨다. 바쁜 농번기만 되면 집안일과 어린 동생을 돌보기 위해 학교를 결석하는 딸에게 미안하기도 했을 것이다. 그런 엄마의 진심을 그 때는 알지 못해 모진 말로 원망도 많이 했다. 그럴 때마다 엄마는 식구들 몰래 막걸리 한 대접을 벌컥벌컥 마시곤 하셨다. 그렇게 마셨던 막걸리는 철없는 딸의 원망과 고된 농사일의 노고까지 말끔히 씻어 주었을 것이다. 두 아이 출산 후, 모유 수유를 할 때 친정엄마는 막걸리를 한 잔씩 마시기를 권했다. 모유의 양도 많아지고 산모도 빨리 회복된다는 당신의 산 경험을 통한 민간요법이기도 했다. 어릴 때 어른들 몰래 숨어서 마셨던 밀주(막걸리)와 간식으로 먹었던 술지게미가 유난히 당긴다. 장작불로 가마솥에 끓여 주셨던 팥칼국수와 친정엄마도 간절히 그립다.

코로나 이전까지만 해도 회식이 많아 술 마실 기회도 많고 억지로 술을 권하기도 했었다. 입사 초기에는 술 마시는 것 또한 경쟁이라 여기고 전투적으로 술도 마셨다. 그러면서 쉽게 취하지 않고 오래 마시는 나만의 방법을 자연스럽게 터득했다. 회식 장소에 가기 전에 미리 우유를 한 잔 마신다. 소주 한잔을 마시면 즉시 생수 한 컵을 마신다. 그러면 자연적으로 화장실을 자주 가게 된다. 화장실에 갈 때마다 벽에 걸린 거울을 똑바로 보고 서서 나 자신에게 주문을 건다. 취하면 안 되고 취한 모습도 절대로 보이지 않겠다고 굳게 다짐을 한다. 그 방법은 언제나 적중했다. 4급 사원에서 대리로 승진했을 당시 부서원이 100명이 훨씬 넘었다. 부서원들의 축하 주를 모두 다 받아 마시고 끝까지 살아남았다. 동료들을 모두 귀가시킨 후 부서장이 거꾸로 입은 외투를 제대로 입혀서 보내고 남편한테 전화했다. 남편의 말에 의하면 집으로 가는 승용차 안에서 정신을 잃었다고 한다. 그다음 날도 여느 때와 마찬가지로 같은 시간에 출근했다. 대리 승진 축하 회식 이후 회사 내에 주량을 알 수 없는 주당으로 소문이 난 듯 했다. 최근 들어 거리 두기 완화로 외식과 회식하는 사람들이 많아지고 있다. 따라서 술자리도 급증하는데, 술이 약하거나 평소 음주를 즐기지 않는 사람들은 여간 곤욕스러운 것이 아니다. 술버릇과 주량도 유전이 매우 큰 부분을 차지하는 것은 확실한 듯하다. 친정아버지의 주량(주당)까지 꼭 닮은 나와는 반대로 남편과 아이들은 시아버지를 닮아서 술이 약하고 좋아하지 않는 것도 신기하다. 포장마차의 정겨운 부부 모습이 부러웠던 적도 있다. 생전의 시어머님과 즐겨 마셨던 막걸리의 추억이 새삼 그립다. 미래의 며느리, 사위와 막걸리를 마시는 행복한 술자리도 상상해 본다.

♦ 가을 운동회 스타는 '나야 나'

작은 산골 마을에 많은 아이들이 있었던 것은 순전히 베이비붐 세대(1955년~1960년생)였기 때문이다. 만국기를 국기 봉에서 시작하여 은행나무, 느티나무, 회전 그네 등에 치렁치렁 매달고 운동장 트랙을 그리시는 선생님과 고학년생들은 바빴다. 해마다 운동회날이면 신던 덧버선은 엄마와 6살 위의 언니가 만들어 주었다. 동생들과 함께 각자 필요한 오자미(헝겊 주머니에 콩 등을 넣고 공 모양으로 만든 것) 5개 이상을 만들어야 했다. 운동회 날의 날씨는 좋아 밤새 '매계국민학교'를 지켜주던 수호신도 흰 구름으로 날고 싶었는지 그야말로 공활空豁한 가을 날씨였다. 나는 백군으로 머리띠를 흰색으로 돌려 매고 집을 나선다. 벌써부터 아이들은 학교 앞 점방(상점)에서 달고나, 쫀드기를 사서 쭉쭉 빨거나 껌을 질겅질겅 씹기도 한다. 뻥튀기 아저씨가 '펑펑' 소리를 내며 달콤한 유혹도 한다. 환타와 사이다를 병째로 마시기도 한다. 손00 호랑이 선생님은 6학년생들을 일찍 등교시켜 한시도 한눈을 팔 수 없도록 운동회 준비를 시킨다. 울긋불긋 한복을 곱게 차려입은 엄마들이 양손에 점심 꾸러미를 잔뜩 들고 몰려온다. 아버지들은 아침부터 막걸리 한 잔씩을 돌려가며 취기를 달랜다. 제일 먼저 달리기가 시작되었다. 손등과 손바닥에 자신의 등수를 스탬프 도장으로 받고 줄지어 앉는다. 1등인 나는 잔뜩 신이 나고 기가 팍팍 살아난다. 가슴에 무궁화꽃(조화)을 단 육성회장인 아버지와 합죽이(이가 다 빠진 모습) 할머니가 본부석에서 좋아하는 모습도 눈에 띄었다. 그날도 엄마와 할아버지는 농사일과 집안일 때문에 운동회 구경은 못 오셨다. 초등학교 6년간 운동회와 소풍 등 어떤 행사에서도 엄마의 모습은 찾아볼 수가 없었다. 엄마가 있어야 할 곳은 언제나 논과 밭이었고, 엄마의 자리와 역할은 할머니가 늘 대신하였다. 엄마의 존재감이 미약했던 유년기의 짠한 기억도 오버랩된다. 청군과 백군, 두 명씩 박통이 걸린 대나무를 잡고 서 있고 상대편으로 뛰어가서 흩뿌려 놓았던 오자미를 힘껏 던진다. 하늘 높이 수없이 올라가는 까맣고 붉은 주머니, 콩이 흐르고 모래가 터져 나와 주르륵 새어 나온다. 반칙을 하는 아이들도 가끔은 있었다. 주머니에 몰래 작은 돌멩이를 숨겨 던지기도 했다. 박을 얼마나 단단히 묶었는지 잘 터지지도 않았다. '펑' 소리와 함께 점심시간을 알리는 문구가 쫙 펼쳐졌다. 내가 속한 백군이 박통을 터트렸다. 바로 점심시간으로 이어지고 아이들은 줄을 지어 식구들을 만나러 뛰어간다. 옥수수, 고구마, 찐 밤, 사이다와 삶은 달걀이 나오고 찬합(큰 도시락)에서는 나물과 계란찜도 나온다. 오늘은 잔칫날이라 함께 하지 못한 엄마는 내가 좋아하는 돈부콩을 듬뿍 넣고 찰밥을 지어 주셨다. 우리들은 얼른 점심을 먹고 교문 밖 상점으로 몰려간다. 과자 봉지와 사탕을 입에 물고 허겁지겁 뛰어 들어오고 신나는 응원전으로 오후 일정이 시작된다. 고깔과 캐스터네츠, 탬버린을 흔들어 댄다. 빨강, 파랑, 노랑색의 부드러운 노끈을 잘게 쪼개 수많은 수를 달아 만든 도구를 양손에 쥐고 흔들어 댄다. 응원 단장인 나는 '삼삼칠 박수 시~작'하며 주먹을 반쯤 벌린 채 시선을 끌고 흔들어 대면 내 동작에 따라 박수가 '3~3~7'로 터져 나온다. 노래도 끊이질 않는다.

"이 세상에 청군 없으면 무슨 재미로
이리 봐도 백군! 저리 봐도 백군! 백군이 최고야~
아니야! 아니야! 청군이 최고야~ 아니야! 아니야! 백군이 최고야"

목이 터질 듯 소리를 지르고 소고춤(작은북)부터 오후 운동회가 시작된다. 꽹과리가 앞장서고 징, 장고 등이 따르고 소고(손잡이가 달린 작은 북)를 든 여학생들이 대열을 이룬다. 머리엔 빨강, 노랑, 하양 고깔을 쓰고 어깨띠도 걸었다. 다음으로 남학생들의 '차전놀이'와 '덤블링'이 이어지면, 여학생들 중심으로 응원전이 펼쳐진다. 그리고 다음 차례는 '기마전'이다. 가을 운동회의 절정은 뭐니 뭐니 해도 부채춤과 강강술래였다. 한복을 곱게 차려입은 선녀들의 하늘에서 내려온 듯한 아름다운 모습에 응원은 뒷전이고 제각기 쳐다보는 데 급급하다. 한복은 제각각으로 언니와 엄마 것은 막론하고 희뿌연 할머니 치마저고리도 입었다. 손을 잡고 '강강 수~월~래, 강 강 수~월~래' 노랫가락에 맞춰 둥글고 큰 원을 그린다. 살포시 뒤꿈치를 들어 옮기고 한 발짝 한 발짝 움직이며 팔을 나긋나긋 나풀거린다. 얼마나 빠른지 앞 사람 손을 잡고 따라가지 못하면 덧버선이 벗겨지기도 했다. 치맛자락이 뒷사람 발에 밟히는 수도 있는데 그게 뭐 대수인가, 구경하는 어른들도 응원하는 아이들도 어깨춤이 절로 난다.

연습을 한 달 넘게 했어도 가락 하나하나에 율동을 접목하여 연결 시키기가 보통이 아니었지만 낙오자 없이 다 해냈다. 릴레이가 이어지는 400 계주 달리기는 운동회 마지막을 장식한다. 청군, 백군으로 나뉘어 바통을 주고받는다. 양쪽에 학년별로 대표 2명씩 앉아서 대기한다. 400m 계주는 달리기도 중요하지만 달리는 순서가 아주 큰 영향을 미치는 경기다. 스타트가 빠르고 달리기도 빠른 나는 첫 번째도 마지막 주자도 가능했다. 보통은 저학년 선수가 먼저 뛰고 고학년이 마지막 주자가 된다. 6학년인 내가 마지막 주자였다. 응원단에선 청백기가 휘날리고 기차 박수로 분위기를 한껏 고조시킨다. 한 걸음 한 걸음 디딜 때마다 일제히 박수를 보낸다. "탕!"소리와 함께 청군, 백군이 코너를 돌아 다음 선수가 기다리고 있는 곳까지는 거의 동시에 도착했다. '청군 이겨라 백군 이겨라' 작은 시골 학교 운동장이 떠나갈 듯했다. 두 바퀴 돌고 세 바퀴 돌아 마지막 내 앞 선수가 바통 터치를 하는 순간 나의 팀인 백군이 그만 바통을 운동장에 떨어뜨렸다. 한 달 이상을 연습했건만 왜 그 순간에 그런 실수를 저질렀는지 너무 안타깝고 속상했다. 백군 응원석에서는 탄식이 터져 나왔다. 청군과의 거리는 점점 멀어져 갔다. 그 순간 나는 용수철처럼 튀어 나갔다. 운동장 절반가량을 앞서 나가서 바통을 건네 잡고 죽을힘을 다해 달렸다. 백군 응원석의 함성과 깃발은 펄럭이는 만국기와 함께 힘차게 휘저어졌다. 골인 직전 지점에서 백군 마지막 주자인 내가 청군 마지막 주자를 앞질렀다. 순식간에 운동장 안에서 '대 스타 배봉자'가 탄생되는 감동의 순간이었다. 400m 계주는 예측불허하다. '바통 터치 실수'라는 돌발변수가 상존하므로 실전에서 선불리 결과를 점치지 못한다. 400m 계주는 내가 잘못 뛰면 팀에 피해가 크기 때문에 개인 종목보다 훨씬 긴장되어 침이 바짝바짝 마른다. 다음 주자에게 바통을 안전하게 전달해야 하는 막중한 임무에 신경이 곤두서고, 심장박동이 빨라진다. 초등학교 6년 동안 매년 학년 대표로 400m 계주 선수로 뛰었다. 뛰면서 긴장감을 조절하는 능력을 자연스럽게 키워 온 듯했다. 기적 같았던 400m 계주 승리를 끝으로 가을 운동회의 공식 행사가 막을 내렸다. 등수에 따라 상賞자에 월계수 잎이 그려진 공책(노트)을 받고 연필과 지우개를 받아 집으로 돌아간다. 상을 받지 않은 학생이 없이 골고루 돌아갔다. 어른들도 하다못해 플라스틱 바가지 하나에 양재기를 들고 집으로 가는 길에 장구와 꽹과리를 치며 농가(유행가)를 부르며 돌아간다. '청군 이겨라 백군 이겨라' 고래고래 소리를 질렀던 우리들은 목이 쉴 대로 쉬었고 기분 좋은 운동회 그 하루가 이내 저물어 갔다.

♦ 신발 공장에 위장 취업도 '해 봤어'

나에게도 한 번의 위장 취업 경험이 있다. 고등학교 2학년 때 보관 중이던 수학여행 경비를 친구에게 빌려주고는 돌려받지 못했다. 그 경비를 충당하기 위하여 학급 반장인 나는 부반장 친구와 같이 겨울방학 한 달간 고등학생 신분으로 고무공장에 위장 취업했다. 그 당시는 그것이 위장 취업인지조차도 몰랐다.

1980년대 2차 성장기를 맞은 신발 산업은 '프로스펙스'라는 국내 최초 고유 브랜드를 만들었다. "진짜 나이키 운동화 사도 돼?" tvN 드라마〈응답하라 1988〉(2015)에서 아들(성노을)이 아버지(성동일)에게 용돈을 받고 한 말이다. 이와 같이 그 시절 인기가 어마어마했던 나이키 운동화는 '메이드인 부산'이었다. 그뿐만 아니라 아디다스, 리복 등 세계 주요 브랜드 운동화들이 모두 부산에서 만들어졌다. 당시 부산에서 가장 유명한 말이 '고무공장'이었고, 약 100년의 역사를 지닌 신발 산업은 부산을 중심으로 성장해왔다.

당시 여성들에게 사회의 문턱이 한없이 높았던 시절이었다. 도시 생활의 동경과 돈을 벌 수 있다는 부푼 기대를 안고 어렵게 공장에 취직한 여공들의 삶은 그리 녹록지 않았다. 지금은 부산 아주머니, 할머니가 되어 있을 그녀들에게 어떤 기억으로 남아 있을까? 누군가의 딸로, 누군가의 엄마로 책임을 다하면서 가정의 생계를 이끌어온 여공들! 그녀들 역시 우리나라 경제 발전을 이끌어온 진정한 주역이었다. 우리나라 경제발전의 역사는 그 시절을 억척스럽게 살아온 그녀들로부터 시작되었다고 해도 지나치지 않을 것이다. 친구와 나는 중졸이고 영어를 잘한다고 이력서에 적었기에 품질관리부로 배치되었다. 대부분의 직원이 경남 일대 시골에서 부산으로 내려온, 겨우 초등학교를 졸업한 10대 소녀부터 40대, 50대의 억척같은 여성들이었다. 12시간 교대 근무로 남성 관리자들의 반말과 욕설로 인권은 찾아볼 수 없는 열악한 작업환경이었다. 겨울방학 한 달만 참고 견디기로 다짐했다. 그런데 함께 입사한 부반장 친구는 일주일도 채 못 견디고 3일 만에 그만두었다. 학급의 공금을 빌려주고 돌려받지 못한 나는 어떡하든 견딜 수밖에 없었다. 고무 타는 냄새가 진동하는 공장 내의 컨베이어 벨트를 통하여 쉴 새 없이 쏟아져 나오는 운동화의 불량품을 온전히 두 눈으로만 골라내는 작업은 만만치가 않았다. 그렇게 하루 12시간의 작업은 고무 타는 냄새로 머리는 터질 듯이 아팠다. 작업복과 온몸에서도 고무 냄새가 배서 목욕을 해도 쉽게 사라지지 않았다. 신발 공장에서 일한 지 2주, 3주가 지나고 마지막 한 주가 남았는데 못 볼 것을 보고야 말았다. 처음부터 안 봤으면 좋았을지도 모를 일이다. 남성 작업반장이 나보다도 훨씬 어린 여직원을 공장 뒤로 끌고 가서 강제 추행을 한 것이다. 평소에도 엄마뻘 되는 여직원들한테도 반말과 욕설을 거침없이 해대는 작업반장이 눈에 거슬리던 차였다. 오래전부터 여직원들을 괴롭혀 왔고 공장 직원들도 그 사실을 알고 있는 악질 관리자였다. 그렇지만 그 누구도 문제 삼지 못하고 악행은 계속된다고 전해 들었다. 철없고 겁도 없이 넓기만 한 나의 오지랖이 발동되었다. 작업반장의 문제점과 직원들의 진술을 토대로 현장 팀장과 어렵사리 면담 시간을 갖고 악행의 중단을 고발했다. 그러자 현장 팀장은 공장 분위기를 흐리고 물의를 일으키는 나를 해고하겠다고 겁을 주었다. 시간이 갈수록 작업반장의 폭언과 추행은 계속 눈에 띄었다. 어릴 적부터 동네의 약한 아이들을 괴롭히는 것은 절대 묵과하지 못했던 정의감도 강하게 꿈틀거렸다. 공장장을 만나리라 결심하고 현장팀장에게 작업반장의 악행 중단을 한 번 더 부탁했지만 역시 아무런 조치는 되지 않았다. 그날 이후부터 나의 출근 정지가 답변이었다. 그냥 물러설 수는 없었다. 작업반장의 악행에 직접 맞서기로 다짐하고 공장을 나가면 외부(경찰)에 고발과 동시에 언론에도 제보하여 문제 삼겠다고 했다. 그런 과정에서는 당연히 학생 신분이 밝혀질 수밖에 없었다. 그때까지만 해도 위장 취업자 신분이라는 사실조차도 몰랐었고, 현장팀장은 그것을 빌미로 학생 신분을 숨기고 불법으로 취업한 나를 해고 하겠다고 협박했다. 어쩔 수 없이 취업 목적을 사실대로 털어놓고 방학이 끝날 때까지만 일하게 해 달라고 부탁했다. 간절히 원하면 이루어진다고 했던가? 공장에서 목격한 모든 것들은 눈 감고 한 달만 일하고 조용히 나가야겠다는 다짐을 해야만 했던 찰나 현장 팀장이 고향의 선배라는 사실을 알게 되었다. 집안 형편이 어려워 중학교를 중퇴한 선배님이었다. 그렇게 나는 난생처음으로 학연과 지연의 덕을 톡톡히 보게 된 것이다. 청학동 산자락의 유년기 추억을 공유하면서 팀장과 너무 쉽게 의기투합할 수 있었다.

팀장은 고향 후배의 겁 없는 언동이 당황스럽고 걱정도 되었을 것과 동시에 고향 후배의 정의로운 행동과 열정을 응원해 주셨다. 취업이 끝날 무렵에는 작업반장의 악행은 중단되었고 공장 분위기도 한층 더 밝아졌다. 그리고 학생 신분으로는 만지기 힘든 큰돈을 봉급으로 받고 '위장 취업'은 성공리에 끝났다.

그 당시 대졸자나 중퇴자들이 일반적으로 고졸자 이하가 근무하는 생산직 등에 임금노동 이외의 특수한 목적(노조 활동 등) 을 갖고 취업하는 '위장 취업' 사례가 많아 사회문제가 되던 시기였다. 신발 공장에서의 '위장 취업' 경험은 내 인생에도 큰 영향을 주었다. 신발 공장에서 온종일 고무 냄새를 맡아가며 운동화 밑창의 접착 상태를 검수하는 단순반복적인 작업을 하면서도 한 달만이라는 목표 지점이 있어서인지 그렇게 많이 힘들지는 않았다. 하지만 오랫동안 비인격적인 대접을 받으면서 저항조차 못하는 여성 노동자들의 희생을 목격하고 많이 놀랐고 분노했다. 욕설과 폭언, 반말이 일상다반사인 작업 현장의 동생과 언니 같고 엄마 같은 그녀들을 그냥 지나칠 수가 없었다. 그리고 열악한 작업환경과 비인간적인 대우를 개선하기 위하여 노력하지 못하는 그녀들의 현실에 가슴이 많이 아팠다. 아무것도 해 줄 수 없는 나 자신의 무능함과 현실에 더 분노했다. 그녀들처럼 순종적으로 살지 않겠다는 다짐을 처음으로 했다. 그때의 다짐은 여성이 동등하게 참여할 수 있는 법적 권리로서 직장에서 차별받지 않을 권리를 획득하기 위한 첫 번째 발걸음이기도 했다. 그리고 조직사회에서 여성들의 불평등한 지위를 개선하기 위한 작은 몸부림이기도 했다. 회사 입사 이후, 노동조합 등장으로 여성운동은 새로운 양상을 띠게 되었다. 즉, 기본적인 노동조건 개선과 법적 권리를 쟁취하기 위한 활동을 시작한 것이다. 또한 여성주의 관점에서 성평등을 위해 여직원들의 의식을 고취시키고 여성 노동운동을 전개해 나가는 계기가 되어 주었다. 그리고 노동조합 활동의 중심에 서서 열악한 근로환경을 개선하는 운동을 전개하고 열정적인 활동도 했다. 최근, 성평등에 대한 사회적 인식은 높아졌지만 성차별을 방지하기 위한 인식과 제도적 장치와 정책적 노력은 아직도 많이 미비하다. 따라서 권위적이고 폐쇄적인 직장 문화에 상대적으로 약자인 여성과 비정규직이 피해를 보고 있다. 여전히 피해자에게 침묵을 요구하고, 피해자 탓을 하기도 하지만 시대가 변한 것은 분명하다. 이젠 '성인지감수성'과 '피해자 관점'에 대해 말한다. 직장 내 괴롭힘이 '권력'에 의한 폭력이라는 것을 정확히 인지하고 피해가 '피해자 탓이 아니다'라는 것 또한 인식한다. 직장 내 괴롭힘을 그저 '장난'이라거나 '친해지려고' 혹은 '좋아서'한 행동이라고 행위자를 두둔하지 못하는 시대가 왔다. 피해자는 무고, 명예훼손, 손해배상 등을 두려워 말고 자신감 있게 대응할 필요가 있다. 피해자의 진술이 일관되고 구체적이면 다른 가시적인 증거가 없어도 괴롭힘이 인정될 수 있으니 평소에 기록을 철저히 하거나 카카오톡, 메시지 등을 미리 준비하는 것도 중요하다. 사업주는 괴롭힘 방지를 위해 강력한 처벌 규정 도입과 사건 발생 시 엄격한 처리를 하여 괴롭힘(성희롱)을 예방하고 직원들의 인격권을 보장하여 행복한 직장 생활을 영위하는 데 노력해야 할 것이다.

♦ 집안의 리더(해결사)로 양성

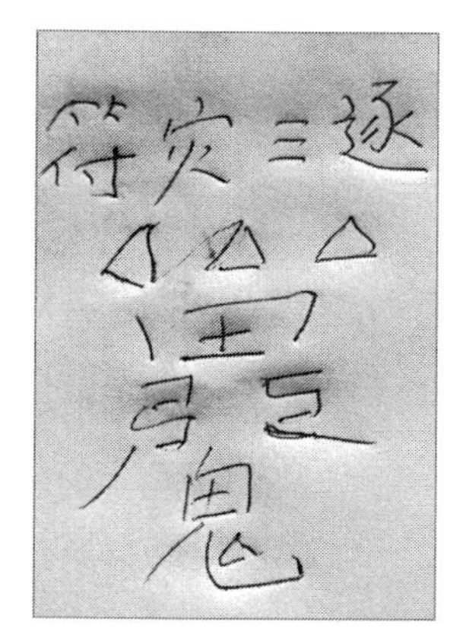

〈아버지가 어린 시절 적어주신 부적〉

아버지는 유년기부터 어떤 경우에도 자식들의 기氣를 꺾지 않고 자신감을 키워 주셨다. 특히, 자식들이 가진 능력 이상으로 믿어 주시고 긍정의 에너지로 끊임없이 자극해 주었다. 물론 권위적인 아버지가 아주 밉고 싫었던 적도 있다. 그래서 아버지를 골탕 먹이고 싶은 마음에 아버지의 양복 주머니에서 몰래 돈을 훔치기도 했다. 당시 또래 애들이 감히 쓸 수 없는 큰돈으로 친구들과 분식집을 드나들곤 했다. 1년 이상 지속되었던 것으로 기억된다. 그런 나의 행동으로 나 대신 어린 동생들이 한 짓일 거라고 생각해 죄 없는 동생을 심하게 야단치신 적은 있었다. 아마도 겉으로는 동생들을 야단치셨지만 내가 한 짓이었다는 것을 이미 아셨을 것이다. 그래서 어느 순간 아버지 양복 주머니를 탐하는 일을 그만두게 되었는지도 모를 일이다.

비록 작은 시골 학교였지만 공부, 달리기, 웅변 등 다방면에서 부모님의 기대를 저버리지 않는 결과로 많은 기쁨도 드렸고, 특히 아버지께는 씩씩한 딸로 보였을 것이다. 8녀 1남의 둘째인 내가 초등학교 6학년 때는 내 동생들이 전 학년에 1명씩 학교에 다녔다. 자식이 6명이나 다니는 학교에서 육성회장으로서 아버지의 존재감과 자긍심도 아주 컸다. 당연히 우리 형제들의 학교생활도 모범생이었다. 그 당시 동생들에게 있어서 6학년인 나의 존재감은 부모님을 대신할 정도의 위상이었다. 학교 내에서 형제들에게 부모 역할이 필요하면 당연히 내가 대신하곤 했다. 어린 나이에도 책임감을 갖고 동생들의 문제를 해결할 기회가 많이 주어졌던 것 같다. 그런 자연스러운 분위기 속에서 리더십 훈련은 시작된 듯했다. 부모님은 그런 둘째 딸을 많이 의지하고 자랑스럽게 여기셨고 '집안의 해결사'로 존재감을 부각시켜 주셨기에 강건한 지금의 정체성이 확립되었을 것이라 확신한다.

연년생으로 계속하여 딸을 낳고는 민망했던지 막내와 그 위 여동생들의 출생 신고가 2살씩 늦었다. 연년생도 둘이다. 4번째 동생과 5번째 동생이 연년생이고 막내와 바로 위도 연년생이다. 막내를 제외하고는 고향에서 초등학교 입학을 하고 부산으로 이사를 했다. 시골 학교에서는 한 두 살 늦거나 이른 나이에 입학하는 사례가 많기 때문에 크게 문제 삼지 않았다. 온 식구가 부산으로 이사 온 후 막내가 8살이 되었지만 입학 통지서가 나오지 않고 바로 위 동생의 입학 통지서가 나왔다. 그래서 막내는 1살 위인 7번째 동생의 호적과 입학 통지서로 초등학교 입학을 했다. 그것이 나중에 큰 문제가 될 줄은 누구도 예상하지 못했다.

막내가 2학년 중반쯤에 학교에서 보호자의 호출이 있었다. 동일한 주민등록번호와 같은 이름으로 2학년과 3학년에 두 아이가 있으니 보호자를 부른 것이다. 부모님은 일을 해야 해서 집안의 해결사이자 당시 고등학생 신분인 내가 학교를 조퇴하고 교복을 입은 상태로 동생 학교에 방문했다. 두 동생의 보호자로서 상황을 설명하고 결국은 문제를 해결해내었다. 학교에서는 처음 겪는 일이라 당황스러워했고 이미 교육청에 보고도 된 상태였다. 법원과 교육청에 호적과 학적 변경 신고를 하는 등 복잡한 문제였다. 그래서 부모님이 직접 학교를 방문해 줄 것을 재요청했다. 책임지고 해결할 것이라고 믿고 계시는 부모님께는 사실대로 알려드릴 수가 없었다. 그 이전에도 5번째 동생의 고등학교 진학 상담 등의 보호자 경험도 있어서 자신감도 있었다. 막내 동생과는 띠동갑으로 보호자 역할을 충분히 할 수 있을 것이라 생각했다. 그 후 2번의 학교 방문 끝에 어렵게 해결했다. 40여 년이 훨씬 더 지났지만 특별한 사건이라 감회가 새롭다. 중학교 3학년 동생의 고등학교 진학 상담을 겨우 고등학생 2학년인 내가 뭘 알고 면담을 했을까?

동생은 인문계 고등학교는 집안 형편을 고려하여 포기하고 실업계 고등학교 진학을 한다고 했다. 그 당시 조금만 더 동생 입장에서 동생의 미래를 깊게 고민했다면 지금과는 많이 다른 동생의 인생이 펼쳐지지 않았을지 아쉬운 마음으로 남는다. 그리고 많이 미안하다. 그 어린 나이에 집안 형편을 생각해서 꿈을 접어야 했던 그 마음은 오죽 힘들었을까? 겨우 6살 위였으니 그 마음과 생각 또한 오죽했을까? 그 당시 어린 동생들을 좀 더 챙기고 보듬어 주지 못한 지난 시간이 많이 아쉽고 안타깝기만 하다. 나는 가족들과 함께 살아온 시간이 그렇게 많지 않다. 중학교를 졸업하고 집을 나와서 고등학교는 기숙사에서 생활했기 때문이다. 가끔 집에 들러서 부모님을 대신한다는 명분으로 어린 동생들의 잘못을 지적하고 훈계했던 엄하고 무서운 언니였음이 분명하다.

자식은 부모의 거울이라 했듯이 9남매 모두 각자의 위치에서 성실하게 살아가고 있다. 언젠가 아들이 "이 세상이 무인도와 사막으로 바뀌어서 모두가 굶어 죽을 상황에서도 엄마와 이모들은 살아남을 것"이라 했다. 그리고 외할머니를 가장 존경한다고 했다. 아들의 외할머니, 즉 친정엄마의 모성애와 근면 성실함을 물려받았기에 지금 이 순간에도 각자의 위치에서 최선을 다할 수 있다고 확신한다. 대부분의 리더들은 집안에서부터 길러지는 것임이 틀림이 없다. 부모님 새끼들(자식과 손녀 손자들)은 조직의 관리자로 나아가 사회의 훌륭한 리더로 양성될 것이다. 결국은 원하는 자신의 삶을 살아갈 것이고 우리 사회에 선한 영향력을 끼치게 될 것이다. 사람의 정서(성격)는 그 자체로 있지 않고 주어진 환경과 생각이 연결되어 특정한 세계관을 만든다고 한다. 선천적으로 부모님으로부터 물려받고 2차적으로 다듬어 주신 능동적이고 외향적인 정서는 지금의 내 인생에 큰 영향을 미쳤다. 그렇게 만들어진 내 정체성은 자석처럼 관성을 가지고 있어서 삶 전체를 지배해 왔다. 40여 년의 직장 생활 과정에서 크든 작든 여러 가지 문제에 맞닥뜨리고 온갖 감정을 경험하면서 배우고 익혔다. 나이 들수록 단순해지는 게 아니라 오히려 복잡미묘해졌다. 같은 일 앞에서 특히 불공정한 일과 진실에 눈을 감는 동료에게 비굴하다고, 죄를 짓는 것이라고 강하게 어필한 적도 많다. 감정은 정체성과 관련이 있어 가치관도 반영, 오랜 사회

생활을 걸쳐 축적된 것이라 쉽게 바뀌지 않을 뿐만 아니라 매우 복잡해졌다. 무시당하고 휘둘린다고 생각될 때 더 적극적으로 반응하고 과잉 반응을 보이기도 했다. 나이가 들고 경력이 쌓이면서 복잡한 감정의 문제에 조금씩 능동적이고 긍정적인 태도로 접근했다. 카운슬러로서 상담을 하거나 큰 문제에 직면했을 때도 당황하지 않고 스스로 문제를 해결할 수 있었다. 동시에 내담자의 감정에 쉽게 전이되거나 끌려가지 않도록 훈련도 되어 있었다. 이런 감성과 능력은 다분히 타고난 것일 수도 있겠지만 성장환경, 특히 부모님의 영향을 받은 것이 더 많다. 물론 실제로 처절한 경험을 통해서 공부하고 노력하면서 쌓아온 것도 많다. 조직 속에서 일어나는 갈등의 대부분이 감정의 문제를 풀지 못하는 것에서 발생한다. 무엇보다 이제는 감정 능력이 낮으면 살아가기 힘든 세상이 되었다. 따라서 점점 더 감정과 관련된 문제들이 중요해지고 있다. 어릴 때는 선생님과 부모님 앞에서 감정을 드러내지 않아야 한다고 배웠다. 그러나 나는 어릴 때부터 많이 달랐다. 가족, 친구, 동료이기 이전에 모두가 인간으로서 동등하기를 원했다. 감정을 솔직하게 드러내었고 이것이 억압될 때 더 많은 스트레스를 받곤 했다. 때문에 상대에게 이해시키고 상대를 잘 이해하기 위한 감정 능력을 제대로 갖추려 자신을 독려하고 주도적인 역할을 하려고 노력했다. 그리고 원하는 것을 얻었다. 내 주장을 효과적으로 전달하기 위해서 감정을 적극적으로 다루는 나만의 방법도 있다. 그래서 결국은 '자신감'을 키웠고 나의 길을 묵묵히 걸어 올 수 있었다. 이런 모습으로 키워주신 부모님께 감사드리고 많이 참아주고 기다려 준 동생들한테도 미안하고 또 고맙다.

♦ 모난 돌의 꿈

꿈 많았던 여고 시절, 간호장교를 꿈꾸며 도전하였지만 한낱 꿈으로 접어야 했다. 지금 생각해 보면 오히려 잘된 일일지도 모른다고 스스로를 위로하곤 한다. 성격상 슬기로운 군인 생활은 힘들었을 것이다. 좌충우돌하다 사고를 당했거나 사고를 쳤을 수도 있기 때문이다. 그런 의미에서 나는 회사 생활도 그렇게 슬기롭게 하지 못한 듯하다. 8여 1남 중 둘째로서 남존여비(남성을 여성보다 귀하게 여김)의 집안 분위기 속에서 자라서인지 일방적이고 권위적인 분위기, 남녀 차별이 심한 조직문화에 대한 기본적인 거부감이 아주 컸다. 무조건 복종하는 것은 하지 못했다. 잘못되었다고 생각되면 참기보다는 말하는 편이었다. 그러다 보니 충돌이 생기고 갈등도 많았다. 결국은 쓸데없는 감정 소모가 너무 크고 나를 많이 지치게 만들었다. 그야말로 모난 돌이 정 맞는 꼴이었다. 튈수록 불이익을 당할 확률도 높은 것이다. 그래서 매년 새해가 되면 '올해는 그냥 눈 딱 감고 시키면 시키는 대로 하고 한번 조용히 살아볼까'라는 황당하고 어이없는 소원을 빌어 보기도 했었다. 하지만 모난 돌들이 없으면 조직과 사회는 달라지지 않는다. 조직원 개인을 보지 못하고 갈등을 두려워하고 귀찮게 생각해서 문제를 켜켜이 쌓아놓는 조직은 발전하기 어려울 것이다.

'모난 돌이 정 맞는다'고 하는 것은 직장 문화의 보수성을 대변하는 대표적인 말이기도 하다. 다른 직원보다 더 튀려고 하거나 더 잘난 체하거나, 더 독단적인 행동을 할 경우 대개 보수적인 직장에선 곧바로 태클이 들어오기 마련이다. 모난 돌이 "정" 맞는다, '가만히 있으면 중간이라도 간다'라는 말은 튀지 말라는 것을 의미하는 말들이다. 조직 생활에서 이것은 불문율과 다름없다. 그 조직이 가진 문화에 잘 스며들고 분위기 잘 맞추며 줄도 잘 서야 한다. 튀지 않는, 분위기를 잘 맞추는 조직 문화가 매우 중시되는 곳이 군대이다. 남성들이 여성들보다 상대적으로 조직 생활을 잘 할 수 있는 이유는 이 같은 군대 문화의 영향일 것이다. 조직에 적응하지 못해 관심 사병이 되면 어떻게 되는지를 군대 경험이 있는 남성들은 너무 잘 알고 있는 것이다. 모두가 Yes 할 때 No 하면 군대에서만 아니라 사회에서도 관심 사병이 되는 것이다. 모난 돌이 다듬어지는 과정은 일방적으로 내려치는 '정'에 의해서가 아니라 돌들 사이의 충돌과 갈등을 통해서 이루어져야 한다. 모난 돌을 비난하고 '정'을 치는 조직, 갈등을 두려워하는 조직이 아니라 이것을 통해 발전을 모색하는 조직이 되기를 바라는 마음으로 회사와 조직을 진심으로 사랑하는 '모난 돌'로 살아왔다고 자부한다. 모나면 모난 대로 인정하지 않는 시대를 살아오면서 나도 모르게 '정'을 맞으며 이리 치이고 저리 치이면서 '둥근 돌'이 된 듯하다. 조금은 아쉽고 씁쓸하기도 하다. '나다움'을 잃어버려서 다시 '배봉자'의 존재를 찾아갈 수는 없는 건지! 그래도 소신을 굽히지 않았다고 생각했는데 어쩔 수 없었나 싶은 생각도 든다. 하지만 다시 되돌아간다고 해도 똑같은 행동과 결정을 할 것이다.

나의 돌출된 생각과 행동이 누군가에게는 '모난 돌'로 보였겠지만 어떤 신념과 이상으로 전달되는 경우가 대부분이었다. 모난 부분 때문에 가끔은 갈등도 있고 부딪치면서 언성도 높아지지만, 그 과정에서 나와 상대도 다듬어지는 것을 보면서 감동을 받기도 했다. 모난 돌의 어느 부분 때문에 가끔씩 조직과 동료들에 의해 부딪치면서 깎이기도 했지만 더 날카로워지기도 했다. 잘 다듬어서 날카롭고 모난 부분을 돌출시켜야 할 때도 있었다. 그리고 모난 돌이 진정으로 두려워할 것은 모난 돌을 다듬는 '정' 맞을까 봐 모나지 않으려는 몸부림일 것이다. 정답은 없는 것 같다. 때로는 '모난 돌'로 선망의 대상이 되기도 했다. 요즘은 워낙 개성 시대이고 SNS에 자기 주장이나 견해가 확실하다면 인정해 주는 분위기이다. 모난 돌(부분)이 없어야 잘 굴러는 갈 것이다. 잘 굴러가는 것이 조직사회의 부조리와 타협하면서 굴러가는 것은 큰 의미가 없다. 이제 60살이고 정년퇴직이다. 살아 봐야 얼마나 산다고 그렇게 굴러서 뭐가 좋을까 싶은 생각이 많을 때이다. 시대도 변했고 나이를 먹어서인지 지금은 모난 돌이 맞는 '정'이 '정情'이라는 생각으로 산다. '까칠하고 예민함이 피해자를 구한다'는 신념으로 여기까지 왔다. 성차별과 괴롭힘 피해자들과의 만남과 해결 과정에서 확실히 '모난 돌'은 많은 정情을 맞기도 했다. 겉보기에는 둥글어졌어도 내 안의 뾰족한 부분이 나를 공격할 때 주위에서 휘둘러 주는 '정情'덕분에 모난 돌(나)은 더 둥글어질 것이다. 분명한 것은 모난 돌이나 둥글둥글한 돌이라도 조직과 사회에서 벗어날 수는 없기 때문에 다 함께 살아나가야 한다는 것이다.

제2부

결혼 생활(가정생활)

♦ 인연

– 시부모님과 인연(며느리바라기 시부모님께 드리는 글)

어머님, 아버님! 두 분의 며느리로 함께한 시간이 가장 행복하고 감사했습니다. 1989년 11월, 결혼과 동시에 새벽에 출근하는 우리 부부와 같이 새벽잠을 설치셨지요. 새벽 4시면 두 분은 혹여 우리 부부가 깨기라도 할까 싶어 조용히 하루 일과를 시작하셨습니다. 어머님께서는 매일 일찍 압력밥솥에 새벽밥을 지으셨지요. 그 밥이 행여라도 식을까 싶어서 밥공기를 아랫목 이불 속에 묻어 두었다가 우리 부부가 식사하러 가면 그 즉시 밥상 위에 올려 주셨습니다. 밥을 다 먹을 때까지 혹 부족한 것이라도 있을까? 챙기시면서 숭늉 마시는 것까지 지켜봐 주셨지요. 우리 부부는 단 한 번도 식은 밥을 먹고 출근한 적이 없습니다. 매년 제 생일이면 아버님께서 직접 시장에서 가자미, 미역, 팥 등을 사 오셨습니다. 어머님은 생일 전날에 미역국과 팥밥을 지어 생일 당일엔 언제나 뜨끈한 생일상을 차려 주셨습니다. 난생처음으로 먹어본 가자미 미역국은 비린내가 나서 곤혹스럽고 맛도 몰라 먹고 싶지 않았지만 어머님의 정성을 생각하여 억지로 먹기도 했었지요. 어머님이 끓여 주시는 가자미 미역국을 더 이상 먹을 수 없게 된 지금, 너무나 그리운 맛이 되었습니다. 아버님은 새벽에 출근하는 우리 부부가 따뜻한 물로 머리를 감고 세수를 할 수 있도록 세숫대야에 찰랑찰랑하게 물을 채우는 일, 또 여분의 물까지 준비하는 것을 하루도 거르지 않으셨습니다. 두 분은 평소에도 안방에서 큰소리 한번 내지 않으시고 도란도란 웃음꽃을 피우시고 우리 부부가 단 몇 분이라도 새벽잠을 더 잘 수 있도록 배려해 주셨습니다. 그 어렵다는 시댁에 함께 살면서도 저는 연탄불 한번 갈아본 적이 없네요. 늘 아버님께서 연탄불 담당이셨지요.

상추쌈을 유난히도 좋아하는 저를 위해서 어머님은 좋아하지도 않는 상추를 손수 텃밭에 심어서 주말이면 한 소쿠리 수북하게 씻어 제가 먹을 수 있도록 준비해 주셨습니다. 쌈을 싸서 먹는 모습을 옆에서 가만히 지켜봐 주시면서 “아이구 우리 며느리가 상추 벌거지(벌레)구나.” 하시면서 흐뭇해하셨지요. 그러나 어머님은 정작 한 쌈도 드시지 않으셨지요. 지금도 저는 상추 벌거지(벌레)입니다. 상추쌈을 먹을 때마다 어머니! 당신이 한없이 그립습니다. 주말이라 모처럼 제가 요리를 할 수 있는 기회가 오면 제가 개발해서 만든 건 줄 알던 야채 카레를 자주 만들어 드렸지요. 어머님께서는 양푼(큰 그릇)에 밥 없이 카레만 가득 담아 드셨습니다. ‘우리 며느리가 이렇게 색깔도 곱고 맛있는 음식을 만들었다’고 동네 어르신들께 자랑까지 하셨지요. 그 이전에는 카레를 드신 적이 없으셨기에 며느리가 만든 카레가 어머님께는 특식이었던 듯합니다. 집 주위 텃밭에는 오이, 부추, 호박, 고추, 가지 등을 손수 심고 가꾸어서 늘 풍부하였지요. 주말, 어머님께서 키운 유기농 식재료를 이용하여 제가 부침개를 부치면 온 식구가 젓가락을 들고 부침개 한판이 익기도 전에 프라이팬을 뚫어져라 쳐다보곤 했지요. 젓가락을 입에 물고 어린아이처럼 또 한판의 부침개가 빨리 익기를 기다리며 환하게 웃으시던 두 분의 모습이 아직도 눈에 선하고 너무나 그립습니다. 며느리가 만든 어떤 음식이라도 감동해 주시고 맛있다고 칭찬해 주셨습니다. 그러면서도 제가 안 보는 사이에 얼른 간장 한 스푼을 더 떠 넣어서 드시는 아버님의 모습은 언제나 며느리에게 들키고 말았지요. 유난히도 짜게 먹는 시댁 식구와 그 반대로 싱겁게 먹었던 친정 식구의 입맛에 길들어 있어서 음식의 간이 안 맞아서 신혼 초에는 힘들기도 했습니다. 하지만 두 분은 단 한 번도 저에게 음식 타박을 하신 적이 없으셨지요.

주말에는 행사처럼 온 식구가 함께 대중목욕탕에 가는 것을 정말 좋아하셨습니다. 아버님은 손자인 아들과 남탕으로, 저와 딸아이를 데리고 여탕에서 어머님은 대충 씻으시고 며느리와 손녀를 당신 앞에 앉혀 놓고 구석구석까지 씻겨 주는 것을 즐기셨지요. '우리 며느리는 피부가 하얗고 고와서 때도 하얀 때가 나온다'면서 어린아이를 목욕시키듯이 씻겨 주셨습니다. 그리고 어린 손녀와 물장구를 치고 요구르트와 바나나우유를 드시면서 천진난만하게 마냥 행복해하셨지요. 그렇게 즐거워하시는 어머님께 딸이냐고 주위 사람들이 물어보면 "며느리인데 참하고 예쁘지 않냐"고 하시면서 자랑도 하셨지요. 주위 사람들은 딸인 줄 알았다고 어떻게 고부간에 그렇게 사이가 좋을 수 있냐고 부러운 눈으로 바라보는 것을 어머님은 좋아하시고 행복해하셨지요. 시골 오일장(남창 장)이 서는 주말이면 어머님은 저와 아이들을 데리고 시장 구경을 즐기고 좋아하셨지요. 알록달록 예쁜 어머님 버선과 몸빼 바지, 아이들 간식거리도 잔

뚝 사서 집으로 돌아오는 길에 창밖을 내다보시며 '우리 며느리는 운전도 참하게 잘한다'고 칭찬을 해 주셨습니다. 그러면 또 저는 집으로 오던 진행 방향을 바꿔서 반대 방향인 진하해수욕장까지 드라이브 보너스를 드렸지요. 자동차 오디오에서 흘러나오는 유행가를 신나게 따라 부르시는 노래 실력과 흥은 가수 이상이셨습니다. 요양병원에 입원하셨을 때 그토록 사랑하는 당신 새끼들도 몰라볼 정도의 치매 증세가 심했지만 생전에 불렀던 유행가를 가사와 박자 한 번 안 놓치고 구성지게 부르시던 어머님 모습에 가슴이 미어집니다. 생전에 좀 더 즐거운 기회를 많이 만들어 드리지 못한 것이 못내 아쉽고 후회가 됩니다. 지금은 멋진 청년으로 박사 과정 중인 아들과 간호사로 내과 중환자실에서 근무하는 딸도 두 분의 사랑으로 양육해 주신 결실이라고 생각합니다. 매사를 긍정적으로 받아들이는 생활 자세 또한 어머님 당신을 꼭 닮은 듯합니다. 두 분은 언제나 며느리를 전적으로 믿고 응원해 주셨고 또 격려해 주셨습니다. 언제나 당신의 며느리를 최고로 대접하고 존중해 주셨습니다. 물이 높은 곳(위)에서 아래로 흐르듯 두 분의 큰 사랑이 온전히 제게 전해졌기에 저 또한 두 분을 진심으로 존경하며 함께 살 수 있었습니다. 두 분의 사랑과 응원 그리고 지원이 있었기에 40여 년간의 직장 생활을 잘 해내고 정년퇴직을 할 수 있게 되었습니다. 진심으로 감사드립니다. 고맙습니다.

1996년 둘째 아이의 육아 휴직 중에 일본으로 긴 여행을 가고 싶어서 고민했을 때도 두 분의 역할이 가장 컸습니다. 두 아이와 당신 아들인 남편 걱정은 하지 말고 더 큰 세상을 보고 많이 배우고 오라면서 응원해 주셨습니다. 반대로 친정엄마는 젊은 사위 혼자 두고 집을 비우면 사위가 바람이라도 피우면 어떻게 하냐고 반대하셨지요. 여행을 포기하든지 부부가 함께 가라고 걱정하는 친정엄마까지도 어머님께서 설득해 주셨습니다. 그러나 막상 일본으로 떠나는 아침에 두 분 앞에서 큰절을 하고 일어서는 제 손을 잡고 눈물을 보이셨지요. 어머님 당신은 며느리 없이 살 수 없다고, 어린 아이처럼 한참이나 제 손을 놓지 않고 눈물을 훔치셨지요. 1996년 4월 5일부터 그해 10월 25일까지 낯설고 힘든 일본 생활에서도 어머님의 응원이 가장 큰 힘이 되었습니다. 눈부시게 아름다운 동경의 4월, 우에노 공원의 아름드리 벚꽃나무 밑에서 참 많이도 울었습니다. 그 순간 흘린 눈물의 의미를 어머님 당신도 이해하셨기에 어느 누구보다 크신 사랑으로 두 아이를 양육해 주셨습니다. 며느리를 같은 여자로서 진심으로 응원해 주셨지요. 손주들의 양육 기간을 당신 인생에서 가장 행복한 시간이었다고, 여한 없이 손주를 사랑할 수 있어서 행복했다고 하셨습니다. 그 어느 누구의 눈치도 보지 않고 애정 표현도 충분히 했다고 좋아하셨지요. 저도 어머님과 함께한 그 시간들이 제 인생에서 가장 소중하고 행복한 시간이었습니다. 정말 고맙습니다. 여자로서의 어머님 일생이 너무 짠한 고난의 시간이었음에도 불구하고 두 아이를 양육하면서 많이 치유되는 듯해 보여서 다행스럽기도 했습니다. 안타깝게도 저와 손주의 효도는 제대로 받지도 못하고 너무나 일찍 저희 곁을 떠나셨습니다.

1934년생이신 어머님은 그 당시 여성의 가장 큰 성공은 미스코리아 선발대회 입상으로 생각하셨나 봅니다. 평소에도 입버릇처럼 손녀에게 말씀하였지요. '예쁘게 공주처럼 자라서 미스코리아 선발대회에서 꼭 1등을 해야 한다고, 어머님 당신처럼 설거지하고 빨래하고 살지는 말라고' 세뇌를 시키듯이 예쁘고 소중하게 키워 주셨습니다. 딸이 대학의 대표 미인선발대회에서 입상하였을 때 어머님 당신이 너무나 그리웠습니다. 어머님도 알고 계셨던 것이지요! 어머님의 큰 사랑이 있었기에 두 아이는 지금 각자의 자리에서 큰 그릇이 되어가고 있습니다. 어머님! 당신은 진정한 페미니스트이고 여성주의 운동가이셨습니다. 회사에서 성차별 등 괴롭힘 사건이 있을 때마다 온전히 며느리 편에서 대응 방법까지 시원하게 제시해 주셨습니다. 그래서 저는 퇴근하면 그날 회사에서 있었던 모든 일을 말씀드렸고 어머님과 함께 분노하는 시간을 갖기도 했었지요. 어머님의 배짱은 저는 도저히 따라가지 못할 정도로 크시고 대담하셨습니다. 저를 괴롭히는 상사에게 '그놈(상사)도 여자인 제 어미(엄마) 뱃속에서 나왔으면서 왜 그러냐'고 저보다 더 크게 분노하셨지요. 회사에서 회식이 있는 날이면 1차, 2차, 노래방에 가서 신나게 노래도 불러서 스트레스도 풀고 재미나게 놀다 오라고 하시면서 저의 직장 생활을 지지해 주셨습니다. 음주 · 가무를 좋아하고 흥이 많으신 어머님과는 반대로 장구를 잘 치시고 가수 이상의 노래 실력을 갖춘 아버님은 술은 한 방울도 못 드셨지요. 평소에도 집안에는 늘 음악(트로트)을 크게 틀어 놓고 생활하시는 흥이 많은 흥 부부이셨습니다. 매주 일요일 보시던 '전국노래자랑'은 두 분이 가장 좋아하는 TV 프로그램이어서 두 아이도 자연스럽게 트로트 자장가를 듣고 따라 부르면서 자랐습니다. 큰아이는 초등학교 2학년 소풍에서도 '트로트 유행가'가 18번이었던 적이 있습니다. 중학교 때 전교 회장으로 선발되고 밴드를 결성하여 고등학교 2학년까지 드럼과 보컬로도 활동했습니다. 아들의 멋진 드럼 연주와 보컬 실력은 두 분의 감성과 끼를 그대로 물려받은 듯합니다. 두 분은 단 한 번이라도 며느리를 나무라신 적이 없습니다. 집안에서 아이의 울음소리가 나기라도 하면 '애들은 배가 고프거나 몸이 아파야 운다'고 하시면서 두 분은 한순간도 아이를 울린 적이 없었다고 하셨지요. 제 부주의로 큰아이가 손에 화상을 입고 입원했을 때 힘들어하던 며느리를 그냥 지나치지 않으셨지요. 저를 위해 곰국을 끓여 오셔서 '애 어미가 잘 먹고 건강해야 아이도 지킬 수 있다'고 격려해 주셨습니다.

며느리 사랑은 시아버지라 했지요. 한없이 다정다감하신 아버님의 수고로 우리 부부가 퇴근해 귀가하면 한결같이 방이 깨끗하게 청소가 돼 있고 이부자리가 깔끔하게 정리돼 있었습니다. 여름이면 단 한 마리의 모기조차도 들어오지 못하게 모기장 사방을 베개로 꼭꼭 눌러 두셨습니다. 한겨울에는 제가 행여 발이라도 시릴까 싶어 따뜻하게 신을 수 있는 털신(북신)을 며느리가 좋아하는 보라색으로 사다 주셨습니다. 하룻밤에 두서너 번은 화장실을 가는 며느리의 사정을 생각하시어 옥색 요강을 손수 사 오셔서 밤이면 밤마다 우리 방 아랫목에 놓아두셨습니다. 처음에는 부끄러워서 사용하지 않은 요강을 새벽 일찍 세면대 밑에 옮겨 두곤 했습니다. 어느새 아버님께서 손수 깨끗하게 씻어서 며느리 방에 넣어주신 요강을 저도 모르게 마음 편하게 사용했지요. 안타깝게도 병원 생활을 5년 정도 하시고 너무 이른 연세에 세상을 떠나셨습니다. 병원에 계시는 동안에도 늘 제게 깊은 사랑의 표현을 해 주셨지요. 병문안을 오는 모든 분들에게도 며느리 자랑과 사랑이 남달랐다고 전해 들었습니다. 하늘나라로 가시는 마지막 순간까지도 잊지 않으시고 제 손을 꼬옥 잡아주시고 가셨습니다. 감사합니다. 두 분의 깊은 사랑에 보답하는 길은 사랑으로 키워주신 두 아이를 잘 성장시키는 것이겠지요. 두 분께 부끄럽지 않은 자랑스러운 손주로 우뚝 서게 하는 것이라 생각하고 최선을 다하겠습니다.

〈1991년 회사 영빈관에서 양가 부모님과 함께〉

– 부부의 인연(후배들에게)

사회구조가 산업화하면서 가족들의 마음은 점점 멀어지고 차가워져 좋은 가정을 만드는 것이 사랑보다 물질이라는 생각이 팽배해졌다. 예전에는 가훈家訓이나 가풍家風 같은 것이 집안의 구심점을 만들어 주기도 했다. 어린아이들은 조부모와 부모로부터 예의범절을 익히면서 가풍을 이어 가고 다시 후손들에게 이어주었다. 가부장적 가족구조에서 핵가족으로 바뀌면서 가족 간에도 물질 만능의 사고방식을 이어받게 되었다. 최근 어른들은 더 바빠져서 자녀들과의 대화가 소홀해지는 것은 당연한 일이 되었다. 집안 어른들과 대화의 시간을 갖지 못한 아이들은 텔레비전과 오락에 빠져 부모로부터 애정 결핍을 보상받으려 한다. 이런 문제들을 가족의 사랑으로 함께 해결해 나가지 못하면 더욱더 차가운 가정이 될 것이다. 바람직한 부부(가족) 관계는 사랑과 존중으로 뭉쳐진 관계이어야 한다. 물질적으로 풍요로워졌다고 해서 좋은 가정이 되었다고 생각하는 어리석음은 버려야 한다. 특히, 부부는 서로의 선택에 의해서 평생을 함께해야 하는 동반자이기에 부단한 노력이 필요한 것이다. 살면서 좋은 사람을 만나는 건 생각보다 쉽지 않은 일이다. 현시대의 우리 가정은 예전의 모습과는 달리 만남과 헤어짐을 쉽게 생각하고 가정을 가볍게 여기는 것으로 보인다. 돌아가신 친정 부모님도 가장 소중히 여기고 몸소 실천으로 보여 주셨던 것도 가족 간의 사랑과 부부간의 신뢰와 존중이었다. 그리고 9남매간의 우애를 특별히 강조하셨고 부부지간에도 서로 존대어를 사용하도록 권유하셨다. 모든 출발은 행복한 가정의 부부 관계에서 시작한다. 부부(가족) 관계가 건강하고 행복해야 밝은 사회로 변화, 발전할 수가 있는 것이다. 각박해진 사회 환경과 부부간의 활동 시간이 서로 달라서 대화가 적어질 수 있다. 그럴수록 서로의 자유 시간을 존중하면서 함께 하는 소통의 시간도 만들어 나가야 할 것이다.

나를 더 사랑해 주는 사람, 내가 더 사랑하는 사람 등 이상형에 대한 기준은 제각각이지만 결혼을 앞둔 후배들에게 꼭 이런 말을 해 주곤 했다. "상대의 됨됨이를 따져보는 것이 우선이다. 비슷한 인생관과 가치관을 가지고 있으면 충돌하는 일이 줄어들겠다. 생활에 있어서 온전히 지원하고 응원해 줄 수 있는 배우자(집안일, 육아를 함께 할 수 있는 배우자)를 만나야 한다. 그래야만 믿음직한 배우자가 되고 함께 일하고 싶은 동료가 되어 가정과 직장을 행복한 곳으로 만들어 나갈 수 있다. 건강한 가정은 부부간의 친밀도에 따라 결정된다고 해도 과언이 아니다. 특히 부부싸움이 부부의 정신건강은 물론 자녀의 정신건강에도 직접적으로 깊은 영향을 미친다. 나머지 반쪽을 찾는 가장 중요한 방법은 내가 누구보다도 자신을 아끼고 믿고 사랑하는 것이다. 스스로를 진정으로 사랑하는 사람은 절대 홀로 남겨지지 않는다."고 당부하곤 했다.

세상에서 자신의 목숨보다 더 소중한 것은 없다. 그래서 세상에 자신보다 더 사랑스러운 것도 없어야 한다. 세상에서 자신보다 더 소중한 사람을 찾지 못하듯이 다른 사람에게도 자신은 사랑스럽고 소중한 것이다. 이런 사실을 안다면 다른 사람을 함부로 대할 수도 없을 것이다. 우리는 자주 서로 사랑한다고 말한다. 외국영화를 보면 연인이나 부부 사이에서 "아이 러브 유(사랑해!)"라는 말을 입에 닮고 살아간다. 사랑은 말로만 하는 것이 아닐 것이다. 부부의 사랑은 친구처럼 연민할 줄 알고 서로 존중해주는 것이다. 대부분의 남편들은 아내에게 사랑한다는 말을 하기가 쉽지 않다고 한다. 그렇다고 사랑하지 않는 것은 아닐 것이다. 남편과 아내가 서로에게 연민의 감정이 생긴다면 사랑한다고 볼 수 있다. 우리부부는 서로에게 굳이 '사랑한다'고 말하지 않고도 잘 살아간다. 서로에게 측은한 마음을 갖는 것만으로도 충분한 것이다. 우리 부부는 서로 오랜 친구 같은 사이가 된 듯하다. 서로에게 연민할 줄 아는 것이다. 불행에 처했을 때 배신하지 않고, 목숨도 서로를 위해 버릴 줄 알아야 절친 같은 부부라고 할 수 있을 것이다. 세상에 이런 부부가 얼마나 될까? 이 나이가 되고 보니 남편이 측은하게 느껴지는 연민도 저절로 생긴다. 마음이 편안한 친구 같은 부부는 노후에도 행복의 밑거름이 되어 줄 것이다. 서로 고맙다는 말을 자주 하고 사랑을 표현해 주는 부부 관계이기를 여전히 바라면서 나부터 실천해 보려고 고군분투 중이다. 이것이야말로 노년을 맞는 우리 부부가 원만하게 삶의 난관들과 굴곡진 사연들을 잘 헤쳐 나갈 수 있는 원동력이 되어 줄 것이라 믿기 때문이다.

〈33주년 결혼기념〉

– 남편을 만나다

1984년 4월, 남편과의 첫 만남은 주경야독하던 야간 대학생 시절에 남편이 1학년, 내가 2학년이던 어느 봄날이었다. 남편은 고교 친구를 통해서 나를 만나기도 전에 좋은 감정을 갖게 되었고 자연스럽게 사랑하게 되었다고 했다. 남편의 고등학교 동문 행사에서 남편의 존재조차 몰랐던 나와는 반대로 남편은 나의 동행을 미리 알았다고 했다. 행사장까지 이동하는 시외버스는 콩나물시루처럼 승객으로 꽉 차 있었다. 혼잡한 버스 앞쪽에 친구와 불편하게 서 있는데 "배봉자씨! 못생겼습니다!"라는 남자의 큰소리가 버스 뒤쪽에서 들려 왔다. 혼잡한 버스 안이라 고개를 돌려 볼 수도 없고 황당하기만 하여 그냥 웃었다. 그리고 잠시 후 "웃으니까 더 못생겼습니다!"라는 같은 목소리가 또 들려왔다. 공개적으로 창피를 당한 기분이었다. 버스에서 내려 행사장으로 이동 중에 언짢은 기분에 죄 없는 돌멩이를 툭툭 차면서 걷고 있는데 낯선 남자가 다가왔다. "배형, 가까이서 보니 더 못생겼습니다."라고 하면서 버스 안 해프닝의 주인공이 본인이라고 자백했다. 세 번씩이나 '못생겼다'고 공언하고 접근해온 그 남자가 바로 지금의 남편이다. 그것이 우리 부부의 첫 만남이었다. 정말 못생겨서 좋아한 게 사실인지도 궁금했지만 확인하지 못했다. 그 당시 대학가에서 선배를 '형'이라 호칭했다. 남편은 자기보다 한 학번이 빠른 나에게 '배형'이라 부르곤 했다. 시간이 지나면서 그냥 '형아'라 불러서 내 이름이 '형아'인 줄 아는 지인도 있었다. 그날 행사의 진행을 맡았던 남편은 작전이나 한 듯이 나를 콕 찍어서 엉덩이로 이름 쓰기 등으로 웃음거리로 만들기도 했다. 황당하고 기분이 상해서 도중에 집으로 돌아가고 싶을 정도로 자존심도 상했다. 남편은 처음부터 끝까지 치밀하게 준비한 작전으로 작업을 걸어와서 우리 부부의 인연이 시작된 것이다. 그렇게 남편과의 첫 만남은 좌충우돌 그 자체였다. 주경야독하는 내내 등하굣길에는 늘 함께 다녔다. 회사에서도 내가 있는 곳(사무실)에 수시로 시간만 나면 예고 없이 방문했고 점심시간에도 함께 식사를 하곤 했다. 밤늦은 하굣길에 자취방까지 배웅을 하고 다음 날 새벽에 또 달려오기도 했다. 자취방 뒤쪽에서 시도 때도 없이 '배형, 배형' 불러 대곤 했다. 주인집과 이웃 사람들한테 미안해 못 들은 척을 하기도 했다. 가끔은 귀찮을 때도 있었다. 그래서 놀려 주기도 했다. 집에 없다고 룸메이트를 통해서 거짓말을 한 적도 있다. 그런 날은 밤새 집 앞에서 기다리다 아침 출근길에 마주치기도 했다. 지금의 상황이라면 거의 스토커 수준이었다. 그 당시 룸메이트는 우리 부부의 유별난 연애로 인하여 성가시고 불편한 적도 많았을 것이다. 그래도 단 한 번의 싫은 내색을 보이지 않고 비밀 연애를 보호해 준 친구에게 많이 미안하고 또 고맙다.

– 생명의 은인과 결혼

1980년대 중 후반 회사에서는 노사분규가 한창이었다. 회사의 노동조합 탄생과 그 뜨거웠던 민주항쟁의 중심에 남편과 나도 있었다. 함께 행동했던 동료와 선배들이 수배자로 감시가 심해 자취방에도 못 들어가고 회사 탈의실에서 지낸 적도 많다. 가열차게 투쟁했던 많은 동지들이 대부분 연행되었다. 허탈한 마음을 달래기 위해 친구가 근무하는 회사 앞 카페에 들렀다. 친구는 그동안 먹지도 자지도 못하고 지친 내게 술을 권하지 못했다. 오렌지 주스에 와인을 한 방울 넣어 주며 마시고 집에 가서 푹 쉬라고 했다. 30여 분을 걸어서 자취방으로 간 것까지는 생각이 나는데 그 이후는 전혀 기억이 없다. 그리고는 다음 날 새벽 4시가 넘어서야 응급실에 누워 있는 나 자신을 보게 되었다. 남편은 함께 행동했던 동료들과의 모임 후 밤 9시경 내 자취방에 들렀다. 그 당시 3교대로 근무 중이던 동생은 밤 11시가 넘어야 퇴근하기 때문에 남편이 발견하지 않았다면 생명이 위험했을 것이라 했다. 출입문이 잠긴 채로 정신을 잃은 상태여서 집주인과 강제로 문을 열고 파출소에 신고하고 경찰차로, 응급실로 옮겨졌다고 했다. 당직 의사는 같은 병원에 근무하던 동생에게 음독이 의심되고 생명이 위독하므로 마음의 준비를 시켰다고 했다. 동생은 부산에 계신 아버지께 사실을 알렸다. 남편은 혼수상태인 내가 깨어나지 못하면 영혼결혼식을 하겠다고 부모님께 전화를 했다. 그리고 남편은 많은 눈물을 흘렸다고 했다. 총알택시를 타고 응급실에 도착한 부친께 남편은 급박한 상황을 설명하고 영혼결혼을 허락 받았다고 했다. 경찰은 자취방에서 음독의 흔적을 찾아내지 못했다. 위 세척 결과 빈 속에 마신 과일 주스와 와인이 문제였다고 했다. 새벽 4시가 넘어서야 혼수상태에서 깨어났고 그 후 며칠간을 앓아누웠다. 그 이후 남편은 '생명의 은인, 운명적인 만남'을 운운하면서 결혼을 강하게 밀어붙였다. 물론 남편에 대한 부친의 깊은 신뢰와 응원도 한몫했다. 그날 밤의 '응급실 소동'은 남편과의 결혼을 성사시켜 준 인연 줄이 되었다. 1984년 봄, 첫 만남 며칠 만에 반지를 주면서 청혼을 했었고 나는 즉시 거절했다. 나는 어린 시절부터 비혼주의였다. 친정엄마를 보고 자라면서 절대로 엄마처럼 살지 않겠다고 다짐했었다. 그래서 남편의 청혼은 거절했지만 친구로는 지내기로 했다. 그리고 만약 결혼이란 것을 하게 된다면 남편과 하겠다고 약속했다. 친정아버지는 급박했던 응급실에서 처음 대면한 남편이 듬직하고 마음에 들었다고 하셨다. 1989년 9월, 회사에서 진행한 15일간의 일본 연수(노사합동 선상 교육) 중 그해 11월 19일에 결혼한다는 청첩장을 회사와 지인들에게 돌렸다. 나는 알지도 못한 상황에서 부친은 남편의 의견에 흔쾌히 동조했다. 2주간의 일본 연수를 마치고 출근을 하니 속도위반(혼전 임신)으로 서둘러 결혼한다고 소문이 퍼져 있었다. 그 당시 부친은 언니의 늦은 결혼으로 마음고생이 심했다. 때문에 나에게도 채근하셨는데 남편의 적극적인 청혼에 기꺼이 허락하셨다고 했다. 남편과의 만남은 우연이 아니었다. 6년간의 우여곡절을 겪은 후 결혼을 했고 2년 후에 첫째 아들이 어렵게 태어났다. 그리고 4년 후에 감사하게도 둘째도 많은 고난을 겪은 후 우리 곁으로 왔다.

우리 부부는 60을 바라보고 금년 말이면 은퇴를 한다. 부부간의 독립을 인정하면서도 함께 하는 삶이 필요하다는 것을 동감한다. 특히 아이들 양육과 직장 생활 등 각자의 삶에 익숙한 내 경우, '은퇴남편 증후군'과 '빈둥지 증후군'에 시달리지 않도록 서로 배려하고 존중하려 한다. 친정엄마를 저세상으로 먼저 보내고 상실감이 컸던 부친과 함께 지내면서 단 하루라도 내가 더 오래 살아야 한다며 챙기는 남편이 고맙다. 노후의 부부는 서로 구속하기보다, 각자의 삶을 살아갈 수 있는 독립된 공간과 시간이 필요하다. 다만, 각자의 독립된 삶을 인정하면서도 서로 단절되는 것을 막기 위해 함께 하는 시간을 만드는 것도 중요할 것이다. 부부가 같이 할 수 있는 취미생활, 운동, 종교 생활을 통해 소통의 연결고리도 있으면 좋다. 행복한 노년의 부부생활은 혼자 잘 놀 수 있는 것과 더불어 부부가 함께 놀 수 있는 것도 있으면 더 좋을 것이다. 지난 과거의 삶은 가족을 위한 희생의 시기였다면 이제부터는 부부와 자신을 위한 삶을 즐기는 시기다. 삶의 마지막은 결국 부부이다. 서로 의지해야 하지만 홀로서기도 준비하여 다른 사람의 도움을 받지 않고 살아나가는 것이 진정한 자유의 시작이라는 것도 이제는 안다.

♦ 예순이 되는 것이 꿈이라

– 니(아들)가 왜 거기서 나와?

60살이 되는 것이 간절한 소망이고 꿈이었던 적이 있다. 지금 나는 그 꿈을 이뤘다. 그래서 너무 감사하고 또 행복하다. 신혼 때부터 시어머님은 주말에 나와 같이 공중목욕탕에 가는 것을 좋아하셨지만 나는 단둘이 목욕탕에 가는 것이 조금은 부끄럽고 불편하기도 했다. 하지만 시간이 지나면서 자연스럽게 편해졌고 한 주라도 못 가게 되면 서운하기까지 했다.

1990년 초 봄, 여느 때와 마찬가지로 어머님과 단둘이 동네의 공중목욕탕에서 목욕 중이었다. 그런데 갑자기 젖에서 우유같이 하얀 액체가 흘러내렸다. 깜짝 놀란 나는 조심스럽게 어머님께 여쭤봤다. 그러자 어머님 얼굴에 화색이 도시더니 임신인 것 같다고 너무 좋아하셨다. 하지만 결코 임신일 수가 없기에 걱정이 앞섰다. 결혼하고 직장을 다녀야 하기 때문에 결혼 이전에 산부인과에서 피임 시술을 받았기 때문이다.

다음날 회사 의무실에서 상담 결과 산부인과에서 진료를 받아 볼 것을 권했다. 산부인과에서는 혈액 검사 등 기본적인 검사와 머리의 CT 촬영을 했다. 머리 CT 검사 결과는 정수리 부분에 작은 혹이 하나 있었다. 그리고 뇌하수체에서 분비하는 호르몬의 하나인 프로락틴의 수치가 정상인 보다 수백 배 이상으로 높게 나왔다. 서둘러서 서울 아산병원으로 옮겨서 재검사를 받았다. 그 결과, 매주 월요일에 첫 진료를 받는 것으로 6개월 이상 이어졌다. 처음 3개월은 의사의 처방과 지시에 철저하게 따랐다. 어떡하든 치료를 잘 받고 약도 잘 챙겨 먹어서 회복하겠다는 굳은 의지로 가득했다. 시간이 지날수록 두렵기도 했다. 매일 아침 출근할 때는 무사히 집으로 퇴근을 못 할 수도 있다는 생각으로 주변을 정리 정돈했다. 퇴근할 때도 다음날 다시 출근을 못할 수도 있을 것이라는 우려로 책상을 정리하고 매 순간 충실한 일상을 보내기도 했다. 1989년 11월에 결혼하고 1990년 초부터 매 주말을 병원 진료를 위해서 상경해야 했다. 처음 몇 번의 진료는 남편과 동행도 했다. 병원에 근무하는 동생 둘에게 알리고 비밀로 했다. 그래서 서울의 병원 근처에 시고모님이 살고 계셔도 편하게 방문을 할 수가 없었다. 비슷한 시기에 결혼한 여고 친구의 집에서 오히려 편하게 신세를 졌다. 그래도 매주 상경하기 때문에 어쩔 수 없이 모텔방을 전전긍긍하면서 6개월을 울산과 서울을 오가면서 진료는 계속되었다. 그렇게 5개월째 진료가 진행되면서 많이 지쳤다. 처방받은 약을 먹지 않고 쓰레기통에 버리고 모든 것을 그냥 놓아 버리고 싶기도 했다. 주어진 현실이 원망스러웠다. 더 이상 어떤 노력도 하고 싶지 않았다. 보이지도 않고 알지도 못하는 절대자에 대한 강한 분노와 반발심도 생겼다. 뭘 그렇게 잘못했는지? 뭘 그렇게 잘못 살아 온 건지? 왜 이렇게 굴곡진 삶을 살아야 하는지? 당장 죽는다고 해도 상관없이 그냥 운명에 한번 맡겨 보고 싶었다. 그냥 죽어도 좋겠다는 생각도 들었다. 그러자 마음은 오히려 홀가분해졌다. 그렇게 모든 것을 다 내려놓은 상태에서 몸의 이상징후를 느꼈다. 예감은 적중했다. 설상가상으로 임신이었다. 임신을 확인했지만 기뻐하지도, 그 누구에게도 말할 수도 없었다. 처음에는 남편에게도 말하지 못했다. 당연히 담당 의사는 임신중절 수술을 권했다. 독한 치료 약의 복용과 CT, MRI 촬영 등으로 기형아일 확률이 매우 높다고 했다. 나는 아무에게도 말하지 않고 1달가량의 약을 복용하지 않았기 때문에 그 기간에 임신이 되었다면 정상일 수 있다는 희망을 붙잡을 수밖에 없었다. 또 한 번 내 인생에 큰 도전을 한번 해 보기로 했다. 그리고 남편에게 임신 사실과 내 결심을 알렸다. 남편도 걱정은 했지만 전적으로 내 의견을 존중했다. 하지만 친정 동생들의 생각은 남편과 또 달랐다. 태어나지도 않은 조카보다는 언니인 나를 더 걱정하면서 조심스럽게 임신중절 수술을 권했다. 보통의 정상적인 임산부의 경우라도 소화제나 감기약 한 알도 안 먹는 것이 일반 상식이다. 모든 것을 조심하고 또 조심해야 할 임산부가 그렇게 많은 약을 복용했고 전자파에 직접 노출도 되었는데 임신중절 수술을 권하는 것은 당연했다. 그래서 배가 불러올 때까지 양가 부모님께도 임신 사실을 숨길 수밖에 없었다. 임신 중에도 나쁜 상황이 올 수도 있다는 걱정으로 매 순간이 살얼음판이었다. 많이 두렵고 걱정은 되었지만 처음부터 낳을 결심으로 정상적인 아이가 태어나기만을 간절히 기도할 뿐이었다. 그러나 밤마다 계속되는 악몽에 시달려야만 했다. 기형아가 태어나는 꿈을 거의 매일 밤 꾸었다. 머리가 없는 아이, 손가락이 없는 아이 등등…. …한밤중에 자다 깨어나 보면 안경 너머로 눈물 흘리며 소리 죽여 흐느끼는 남편의 모습도 수없이 목격했다. 우리 부부는 서로가 모른 척해가며 숨죽여 흘린 눈물은 또 얼마나 많았는지 모른다.

90년대의 기형아 여부 검사는 임산부 복부에 주삿바늘을 꽂아 양수를 뽑는 조금은 위험한 방법이었다. 그래서 기형아 검사도 거부했다. 임신 전부터 먹었던 각종 치료 약 때문에 기형아 확률이 99.9%라던 의사가 권하는 기형아 검사는 하고 싶지 않았다. 검사과정에서 발생할 수도 있는 위험한 순간과 실수만이라도 피하고 싶은 간절한 마음에서 극구 반대했다. 깨어있는 매 순간 건강한 아이가 태어나기만을 기도했다. 임신 사실을 몰랐을 때는 죽어도 좋다고 절대자에 반항했던 나는 이미 죽었다. 임신 사실을 확인한 순간부터는 모든 신에게 살려 달라고 매달렸다. 그리고 매 순간 기도하는 마음으로, 한없이 낮은 자세로 세상을 바라보았다. 혹시 내 기도가 이루어지지 않고 기형아를 낳을지라도 받아들이겠다는 다짐도 했다. 열 달 내내 뱃속의 태아와 남편과 하나가 되었다. 임산부가 먹어서 좋다는 그 어떤 것(보양식)이라도 다 구해서 챙겨 먹었다. 그 결과 체중이 18kg이나 늘어서 다리와 발목이 퉁퉁 부어 걸어 다닐 수가 없을 정도였다. 건강한 아이만 낳을 수 있다면 무엇이든 다 할 수 있었다. 어떤 힘든 상황이 닥친다고 해도 끝까지 내 아이와 함께 할 각오로 열 달을 견뎠다. 그래서 내 아이를 지켜내었다.

예정일이 다가왔다. 산모의 골반은 작고 태아의 머리가 커서 자연 분만이 위험하다는 말에 예정일 2주일 전인 1991년 7월 15일에 제왕절개수술을 하기로 했다. 7월 1일, 정기 검진에서 내 아이의 성별을 알게 되었다. 그 당시는 태아의 성별을 사전에 알려주는 것이 불법이었지만 병원에서도 나의 특별한 상황을 알기에 알려 주신 듯했다. 2주일만 견디면 아이를 만날 수 있다고 생각되어 잘 견뎌준 나 자신이 대견하기도 했다. 그래서 모처럼 호텔의 뷔페식당에서 건강한 음식으로만 저녁을 먹었다. 그리고 밤 8시경부터 배가 아프기 시작했다. 저녁밥을 과식한 탓이라 생각하고 참았다. 너무 배가 아파서 밤새 잠을 한숨도 잘 수가 없었다. 이미 양수가 터지고 진통이 시작되었는데 몰랐던 것이다. 시어머님도 예정일이 많이 남았는데 걱정이라고 하시면서 잠을 못 주무시고 밤새 곁에서 함께 해주셨다. 다음 날 새벽까지 참고 견뎠다. 참고 견디는 건 얼마든지 할 수 있도록 숙달이 되어 있는 상태였다. 7월 2일 동이 트고 아침 해가 밝아 왔다. 정말 견딜 수가 없어서 아침 6시경 병원을 방문했다. 배가 아프기 시작한 전날 밤 8시경에 이미 양수가 터졌다고 했다. 병원에 도착했을 때 이미 태아의 머리도 많이 나온 상태였다. 이렇게 급박한 상황을 인지하지 못한 초보 산모의 무지를 나무라면서 분만실로 옮겨졌다. 왜 좀 더 일찍 병원을 방문하지 않았는지 자신이 원망스러웠다. 담당 의사와 간호사의 반응과 분위기가 심상치 않아 보였다. 뭔가 잘못되어 가고 있는 위급한 상태로 보였다. 두려움이 엄습하고 무서웠지만 정신을 차려야 했다. 산모의 골반이 작아 태아가 코가 막혀 있는 상태에서 더 이상 나오지 못하고 걸려 있다고 했다. 태아가 숨쉬기 어려운, 위험한 위기의 순간이라고 했다. 어떻게든 내가 힘을 내는 것 말고 다른 방법은 없다고 했다. 흡착기를 이용한 유도 분만을 몇 번이나 시도하고 또 반복하였다. 아이는 쉽게 나오지 못했다. 그 순간 나는 내 목숨은 거두어 가도 좋으니 아이가 숨만 쉴 수 있도록 해 달라고 간절히 빌었다. 하느님, 부처님 조상님께 빌고 또 빌었다. 분만 과정 내내 곁에서 손을 잡고 기도해 주셨던 간호사 선생님의 기도 내용이 너무나 절절했다. 그땐 나도 독실한 기독교 신자 못지않게 간절히 기도했다.

태아의 머리가 상당 부분 나온 상태의 제왕절개 수술이 더 위험하여 유도분만으로 할 수밖에 없었다. 이를 악물고 침대 베드를 양손으로 붙잡고, 정말이지 죽을힘을 다했다. 입술은 터지고 의식을 잃었다가 깨어났다가 까무러치기를 몇 번이나 반복하고도 아이는 나오지 못했다. 오후 2시가 지나고 정작 아이가 나올 땐 의식을 잃은 상태였다. 설상가상으로 아기집(자궁)도 태반에 붙어서 아기와 함께 나와 버렸다. 아기집(자궁)을 태반과 분리하여 원래 위치로 집어넣었다. 그런 과정 중에 출혈이 너무 많아 산모는 또 위험한 고비를 맞았다. 하지만 엄마는 강했다. 혼수상태에서 깨어나 보니 산소마스크를 착용하고 수혈하고 있었다. 울부짖으며 온몸으로 내 아이를 찾았다. 오랜 시간의 분만 과정에서 아이의 얼굴도 많이 일그러져 있었다. 아이의 머리부터 발끝까지, 손가락, 발가락 하나하나 다 세어 보고 확인하고 또 확인을 하고는 다시 정신을 잃었다. 모두가 '기형아'일 것이라고 중절 수술을 권했는데 건강한 아이를 낳은 것이다. 그 순간의 기쁨과 감사함은 어떤 말로도 표현할 수 없다. 열 달 내내 천국과 지옥을 수없이 오가며 험난한 과정을 통해 태어난 아이가 지금의 첫째 아들이다.

기형아 출산으로 감당해야 할 삶의 무게들이 한순간에 다 사라졌다. 고맙고 또 감사한 일이다. 목포가 고향이신 담당 의사는 사투리로 "식겁했십니데이"라고 위급했던 분만 과정을 표현하셨다. 그 당시 산부인과 병동의 모든 선생님들이 총출동했다고 했다. 산부인과 개원 이래 산모와 태아 둘 다 가장 위급했던 상황이었다고 전해 들었다. 그 후 워낙 난산이라 2주간이나 입원해야 했다. 분만 과정의 후유증으로 혼자서는 전혀 움직이지를 못했다. 그리고 입맛도 다 떨어져서 아무것도 먹지를 못했다. 그 당시 2명의 여동생이 내가 입원한 병원에 근무하고 있어서 많은 도움도 주었고 든든했다. 출산 후 3일째부터 모유 수유가 가능했다. 부축을 받고서야 신생아실에 수유를 하러 가면 그때마다 아이는 자고 있어 모유 수유를 못 했다. 그러면 우유병에 모유를 짜서 신생아 병동의 선생님께 아이가 깨어나면 먹여 달라고 부탁하곤 했다. 그때는 유축기가 없어서 오로지 손으로 젖을 짜내야만 했다. 분만 과정에서 팔과 손목에 힘을 많이 썼기 때문에 젖을 짤 때마다 고통스러웠다. 그래도 초유는 꼭 먹이고 싶은 모성애의 기적 같은 힘은 또 생겨났다. 생후 6개월까지 모유 수유를 했다. 그 당시 기독교 신자로서 간절하게 기도해 주셨던 간호사 선생님과의 인연은 지금도 계속 이어지고 있다. 회사 의무실에 파견 간호사 선생님과 의사 선생님이 그 당시 산부인과에 근무 중이어서 더 큰 힘이 되어 주었음에 다시 한번 감사드린다. 첫아이의 임신과 출산 과정 내내 친정엄마가 제일 많이 보고 싶었다. 임신 중의 힘든 과정과 난산을 통하여 그동안 엄마의 진심도 모른 채 아프게 해 드렸던 못난 딸은 뼈저린 반성도 했다. 그래서 친정엄마한테 힘들었다고 투정도 부리고 싶었지만 할 수가 없었다. 그럴수록 더 엄마가 그립고 엄마의 손길은 절실했다. 하지만 출산 후 삼칠일(21일) 전에는 각별히 조심해야 한다고 병원에 면회도 오지 않으셨다. 미신이라 생각되어 서운하기도 했지만 손자를 위한 외할머니만의 배려이고 조심해서 나쁠 건 없다고 생각하여 21일간의 시간도 모성애로 견딜 수 있었다. 난산 때문인지 임신 중의 왕성한 식욕과는 반대로 출산 후에는 식욕을 완전히 잃었다. 특히 고기 미역국은 더 먹지를 못했다. 모유 수유를 위해서 억지로 먹을 수밖에 없었다. 시어머님은 입맛 없는 며느리를 위해 그 비싼 제주산 은갈치의 가운데 토막을 끼니마다 구워 주셨다. 출산 후 21일이 지나 친정에서 몸조리를 하는 동안에도 입맛은 돌아오지 않았다. 그런 딸을 위하여 콩을 불리고 볶아서 믹서기에 간 콩국을 만들어서 마시게 하셨다. 고기 미역국보다는 해물(조개 종류) 미역국을 좋아한 딸의 식성을 기억하시고 온갖 조갯살을 넣어서 미역국을 끓여 주셨다. 그런 정성을 생각하여 억지로 먹다 보니 차츰 입맛도 돌아왔다. 또 한 번은 외손자와 딸의 기도를 위해 사찰에 가신 후 갑자기 쏟아지는 폭우로 귀가를 못하고 10시간 정도 연락 두절 상태에서 온 식구들이 꼬박 밤을 새운 적도 있었다. 다행히 칠흑같이 어두운 밤에 전등도 없이 폭우 속에서 오로지 모성애의 정신만으로 무사히 돌아오셨다. 평소에 다녔던 곳이라 무섭지 않았다고 하셨다. 늘 기도 속에 사셨던 엄마의 간절한 기도 덕분에 안전한 귀가는 가능했을 것이다. 큰아이가 태어난 1991년 여름은 태풍 '글래디스'로 울산의 태화강이 넘칠 정도로 많은 폭우가 내렸던 아주 특별한 추억이다. 30대 중반까지 살면서 염라대왕이 있는 죽음의 문턱까지 여러 번 다녀온 듯하다. 때문에 세상에 두려운 것도, 못 할 것도 없이 살아온 듯하다. 순간을 영원처럼 살았다. 두 아이를 출산하고 인생의 소망(꿈)이 60살이 되는 것이었다. 어떡하든 예순 살까지는 살아야만 했다. 예순 살이 되면 내가 태어나서 해야 할 숙제(의무)를 다 할 수 있기 때문이었다. 양가 부모님보다 먼저 가는 불효를 면해서 정말 다행이다. 두 아이가 건강한 성년이 되어서 정말 기쁘다. 이제 60살이다. 꿈은 이뤄졌다. 그래서 지금 더 없이 감사하고 정말 행복한 것이다.

〈드럼치는 중학생 아들〉

♦ 워킹맘의 애환

– 임신은 처음이라

여성으로, 직장인으로 사는 것도 힘든데 여직원으로서 사는 것은 더 힘이 들었다. 특히 임신, 출산, 육아 기간을 지나면서 매일 집과 회사, 2곳의 전쟁터에서 고군분투를 해야 했다. 회사에서 여직원으로서 결혼 휴가와 첫째와 둘째의 출산 휴가도 내가 처음이었다. 1995년 둘째 출산과 1996년 육아 휴직 이후부터 후배 여직원들이 하나둘씩 결혼 휴가, 출산 휴가, 육아 휴직을 내기 시작했다. 첫째의 임신 중에 회사 유니폼이 너무 불편하고 힘들었다. 회사는 임신복(임산부 유니폼)을 제공하지 않았고 근무복도 지금처럼 자유롭게 사복을 입을 수가 없었다. 때문에 임신 5개월부터는 불러오는 배와 태아의 움직임도 활발할 때라 정말 힘든 시간을 보냈다. 특히 점심 식사 후에는 서 있기도 숨이 차고 힘든데 근무 시간이면 배(복부)와 책상과의 빈 공간이 없어져 숨을 쉴 수가 없을 정도로 고통스러웠다. 나도 힘든데 뱃속의 태아는 또 얼마나 숨이 차고 오죽 힘이 들었을까? 궁여지책으로 회사 유니폼의 허리 부분을 잘라내고 고무줄을 넣어서 입기도 했다. 하지만 계속 불러오는 배와 늘어나는 체중은 고무줄로도 감당이 되지 못했다. 결국은 임신복을 사비로 구입해서 입었다. 나의 불편함과 힘든 상황보다 태아의 고통을 생각하니 회사의 규정을 위반해서라도 시중에서 구입한 임신복을 입을 수밖에 없었다. 그래서 한 번 더 용기를 내어 임신복 지급을 회사와 노동조합에 강하게 요청했지만 역시 받아들여지지 않았다.

첫째의 출산 휴가를 마치고 회사에 복귀한 후 제일 먼저 임신복 지급을 또다시 요청했다. 회사와 노동조합에서도 선례가 없으니 처음에는 기존의 유니폼과 동일한 디자인으로 사이즈만 큰 것을 추가로 더 지급했다. 당연히 불편했다. 일자형 원피스 등 몇 번씩의 시행착오를 거친 후 제대로 된 임신복은 1995년 둘째 임신 중에 처음으로 제공받았다. 하늘은 스스로 돕는 자를 돕는다고 했다. 임신 경험이 있는 나(산모)의 절실함과 진정성이 통했기 때문에 회사와 노동조합을 설득할 수가 있었다. 세상에 노력 없이 거저 주어지는 공짜는 절대 없다.

– 출산을 기쁨으로 바꿔준 둘째의 탄생!

첫아이의 난산으로 둘째의 임신은 가능하지만 착상과 동시에 전치태반으로 유산의 위험성이 아주 높다고 했다. 그리고 회사에서는 처음으로 결혼과 출산휴가를 받은 상태라 둘째를 가질 엄두가 나지 않았다. 첫째가 3살이 되면서부터 양가 집안에서는 서서히 둘째를 바라셨다. 시댁에는 대대로 자손이 귀하다는 사실을 아는지라 이해는 되었다. 그래서 모두의 축복 속에 둘째를 임신했지만 초반부터 물 한 모금도 못 마실 정도로 입덧이 아주 심했다. 억지로라도 먹어야 토할 것이라도 있다고 하면서 양가의 두 분 어머니는 갖은 보양식을 해 주셨다. 두 분 다 당신의 임신 때 먹고 싶은 것을 못 드신 한풀이라도 하는 것처럼 보였다. 특히, 친정엄마는 임신 때는 입덧으로 못 먹고 출산 후에는 아들이 아닌 딸을 낳은 서운함에 미역국 한 그릇도 제대로 못 드셔서 늘 허기가 지고 뱃속이 허하다고 하셨다. 그래서인지 딸에게는 뭐든 해주고 싶은 모성으로 정성을 다했다. 그런 지극 정성도 입덧은 멈추지 못해 빈혈로 쓰러지기를 반복하고 출산 때까지 계속되었다. 설상가상으로 임신 5개월부터 전치태반으로 유산 기미까지 보이고 위험한 순간도 많았다. 그리고 심한 입덧과 신경이 예민해져 잠을 못 자고 밤을 꼬박 새운 적도 많았다. 임신 기간 내내 수면은 부족했지만 책을 보거나 음악을 듣는 시간이 많아져 태교에는 그나마 많은 도움이 된 듯했다. 임신 내내 살얼음판을 걷듯이 조심하고 또 조심하면서 입덧과의 전쟁은 계속되었다. 출산 때까지 체중은 겨우 5kg 늘었고 배도 거의 나오지 않아 주위에서는 둘째의 임신을 모를 정도였다. 팔삭둥이는 겨우 면하고 9개월 초에 서둘러 제왕절개 수술로 둘째가 태어났다. 인큐베이터에 들어가기 직전의 몸무게로 작고 예쁜 아이였다. 그렇게 태어난 둘째는 식구들, 특히 시부모님의 각별한 배려와 사랑으로 잘 자랐다.

둘째가 3살 때 회사 근처로 아주 잠깐 분가를 했다. 출근하면서 어린이집에 아이를 맡겼다가 퇴근길에 데리러 갔더니 아이는 거의 실신 상태였다. 화장실에서 아이 혼자 2시간을 갇혀 있었다는 보육 선생님의 설명에 아무런 반응도 못 했다. 가슴은 찢어졌다. 그런 아이를 안고 한참을 울었다. 이러고도 회사를 계속 다녀야만 하는지, 당장이라도 그만두고 싶었다. 하지만 모든 것은 워킹맘이 감당해야 할 몫이었다. 그날 밤 아이는 한숨도 못 자고 울다가 경기를 일으켜서 응급실에 가야 했다. 그다음 날 바로 시부모님 댁으로 아이를 데리고 들어가 함께 살았다. 조금만 놀라거나 울기만 해도 경기 증상을 보일 수 있다는 의사의 소견에 시부모님은 단 한 번도 아이를 울리지 않았다. 평소에도 아이들 눈높이에서 아이가 원하는 것을 미리 챙기셨고 잠시도 아이들에게서 눈을 떼지도 않으셨다. 다행스럽게도 둘째는 화장실에 갇혔던 기억조차 없이 가족의 건강까지 챙기는 전문 간호사로 잘 성장해 주었다. 시부모님만의 특별한 사랑의 양육방식 덕분이라 그저 감사할 뿐이다. 도심에서 벗어난 한적한 시골에서 조부모와 유아기를 보낸 아이들은 아름다운 추억도 많을 것이다. '기찻길 옆 오막살이 아기아기 잘도 잔다.' 동요 가사처럼 정겨운 기찻길 바로 옆이라 또 다른 경험도 많았다. 시부모님은 언제나 아이들을 업어서 철길을 건너도록 챙기고 배려하셨다. 이웃이 없는 아이들의 이웃이자 친구이며 안전 지킴이가 되어 주신 시부모님이 계셨기에 오늘이 있음에 감사드린다. 그리고 살면서 가장 잘한 것이 둘째, 그것도 딸을 낳은 것이라고 자랑하곤 한다.

3

제3부

직장 생활 1

♦ 현대 정신으로 직장 생활을 시작

현대중공업은 1981년에 입사하여 40년 이상을 근무한 삶의 터전인 동시에 끊임없이 자아가 성장할 수 있도록 배움을 제공해 준 훈육의 장이었다. 아니 내 인생 그 자체였다. 첫 직장을 고를 때 다른 사람들처럼 고민이 참 많았다. 입사해 보니 꿈꾸어 왔던 세상과 너무나 다른 곳이어서 처음 몇 년은 진로에 대한 여러 고민으로 좌충우돌하며 시간을 보냈다. 어떻게 해야 능력을 인정받을 수 있을지 몰랐다. 결혼 후에도 직장을 계속 다녀야 할지, 아이를 가져야 할지 말지, 너무 맞지 않는 상사와 어떻게 함께 근무를 해야 될지, 다양한 인간관계는 어떻게 풀어나갈지 매사가 막막하기만 했다. 처음 회사에 입사했을 당시에는 나 자신에 대한 연민과 분노에 빠져 있었다. 모든 일이 낯설고 어렵고 버겁기만 했다. 그 무게에 짓눌려 자존감은 바닥을 치고 땅속을 파고 들어갈 듯 힘들었다. 늘 어떻게 하면 이겨낼 수 있을까 하는 마음뿐이었다. 그러다 창업자이신 아산 정주영 회장님의 철학을 알게 되었다. 그분의 창조적 예지, 적극 의지, 강인한 추진력이라는 '현대 정신'으로 버텼다. '불가능해 보이는 일이라도 무한한 잠재력을 이용해 불굴의 투지와 강인한 추진력으로 도전한다면 반드시 이루어낼 수 있다.'라는 말을 거울삼아 꼭 이겨 내고야 말겠다는 다짐을 했다. 그렇게 절망에서 벗어나며 성장할 수 있었다. 그때는 너무나 힘들었지만 지나고 보니 그런 경험과 좌절이 오늘의 나를 만들었다는 사실을 깨닫게 되었다. 그리고 돌이키고 싶지 않을 만큼 힘들었던 시간이 큰 교훈과 도움이 될 수 있다는 사실도 알았다. 나의 힘든 지난날을 토로하고자 이 글을 쓰는 것은 아니다. 그 외로움과 괴로움에 대해 얘기하고 경험치, 그 너머의 세계, 가치 있는 무언가를 말하고 싶었을 뿐이다. 직장 후배의 고민을 듣고 겁에 질린 눈빛을 보았을 때, 마치 나의 과거를 보는 듯했다. 그런 후배들에게 위로와 힘이 되어 주고 싶다.

♦ 타이피스트Typist로 첫발을 내딛다

거리의 풍경이 여름에서 가을로 차츰 바뀌고 있을 무렵이었다. 1981년 9월 24일, 고등학교를 졸업하기도 전에 첫 사회생활을 시작했다. 40여 년 전, 나의 첫 업무는 '타자수'였다. 그 시절에는 '타이피스트'로 더 많이 불렸는데, 타자기를 사용해 계약서나 보고서 등을 기록하고 문서화하는 일을 했다. 계약관리부에서 근무할 때였는데, 업무 특성상 신속성과 정확성이 요구됐다. 하지만 초보 타이피스트였던 나는 다른 사람의 글자를 읽어내는 것부터 쉽지 않았다. 상사로부터 내 실수가 아닌 것에도 '고졸이라 그러느냐', '영어 단어를 모르느냐' 등 모진 말도 많이 들었다. 그러면 그럴수록 나로 인한 실수를 줄이기 위해 이를 악물었다. 다른 사람들보다 한 시간 일찍 출근하고 한 시간 늦게 퇴근해가며 차츰 실수를 줄여 나갔다. 하지만 나는 상고(실업계고등학교) 출신이라는 이유로 열심히 노력해도 인정받기가 쉽지 않았다. 배우지 못했다는 이유로 겪게 되는 차별이 심할수록 배움에 대한 열망은 더 커졌다. 이듬해, 일과 공부를 병행하며 노력 끝에 부산대학교 정치외교학과에 합격했다. 간절히 원했지만 아홉 남매의 둘째로, 아들이 아닌 '그냥' 딸이었기에 대학 진학은 포기할 수밖에 없었다.

♦ 도전과 변화
(유리천장, 뚫지는 못해도 유리벽에 균열은 생기게 했다)

성별과 계층 다양성을 논할 때 위를 깨는 유리천장부터 걱정하는데 그 전에 사실은 수평적으로 막혀 있는 유리 벽부터 깨는 게 더 중요하다. 유리천장(glass ceiling)은 일하는 여성들이 승진 기회에서 겪게 되는 보이지 않는 차별을 상징한다. 근속연수가 긴 40대 이상의 여성에게는 눈치 보며 결국 회사를 떠나야 하는 이유가 되기도 했다. 이제 막 경력을 쌓아나가고 있는 2~30대 여성들에게는 불안정한 미래를 상상하게 만들기도 한다. 여성들은 조직 내에서 암묵적으로 승진과 무관한 비핵심 업무에 국한해서 배치하는 등, 직무 배치에서부터 차별을 받고 있다. 동일 직장 내의 동일 업무는 공정하게 평가되어야 한다. 보조적인 업무만 수행하는 여직원들은 낮은 임금과 차단된 승진 가능성 때문에 스스로도 열심히 일하며 능력을 발휘하기 어려운 상황에 처하게 된다. 이런 상황에서 남성중심적 직장 문화에 직면한 여직원들이 근속 연수 또한 짧아지는 결과로 나타나는 것이 현실이다. 이렇게 하여 여직원을 주변부로 밀어내어 지속적으로 분리시키는 유리 벽과 유리천장은 언제 어디서나 존재하며 매우 견고하여 깨뜨리기 어려운 것이 현실이다. 내가 대리와 과장으로 승진한 1990년대는 사회 전체적으로 성차별이 매우 심해서 사내 결혼을 할 경우 직장을 떠나는 건 여직원이었다. 결혼을 하고 임신을 하고도 견디지 못하고 끝내 조직을 떠나는 우수한 동료들도 있었다. 우수한 성적과 치열한 경쟁을 통하여 입사한 후 결혼과 육아를 병행하지 못하고 공기업이나 외국 회사 등으로 이직하거나 공무원이 되기 위해 회사를 떠나는 경우도 있다. 1989년 사내 결혼 1호 커플로서 힘들고 지칠 때도 많았다. 하지만 묵묵히 업무에 몰두하고 성공적인 기업문화를 나 스스로 한번 만들어가리라 다짐했다. 버티고 견디면서 여성 운동가 정신으로 유리 벽과 유리천장을 깨부숴 버리겠다고 수없이 부딪치고 또 넘어지기를 반복했다. 직장에서 꽃이 아닌 나무이고 줄기이고 뿌리이길 원했지만 사무실의 꽃 역할이나 하라고 강요당하기도 했다. 2000년대에 들어서면서 성평등을 부르짖은 수많은 여성 운동가들 덕분에 우리 회사도 조금씩 개선되기는 하였다. 하지만 현실은 참 고달프고 많은 어려움도 있었다. 경력 단절을 걱정하는 많은 여성들은 결혼과 출산을 쉽게 선택할 수 없었다. 출산과 육아 휴직을 사용하고 복귀한 후 고용안정에 대한 불안감에 시달리기도 했다. 때로는 참고, 때로는 정면으로 부딪치면서 살아남았다. 그러면서 나만의 무기가 간절했고 그 무기를 갖기 위해 일본어 공부를 했다. 번역 업무를 하게 되면서 미국, 독일, 명문대학 출신 박사들도 일본 자료와 각종 논문, 정보는 나를 통해서 활용 가능한 단계가 됐을 때야 비로소 나에 대한 편견도 깨지고 존재감도 확고해졌다. 그러면서 자연스럽게 선후배들과 동료들 사이에서 알려지게 되었다. 그래서인지 카운슬러 역할도 자연스럽게 하게 되었다. 힘든 상황을 들어주고 안아주고 같이 울어주고 나쁜 상사를 안주 삼아 소주잔을 함께 기울여 주기도 했다. 동료들의 부부 문제와 육아 상담, 고부갈등까지도 들어주면서 좀 더 전문적인 상담을 해 줘야겠다는 생각으로 카운슬러 공부를 하여 자격증도 획득했다.

회사에서 안전사고가 발생하면 신체(몸)를 치료하기 위한 의무실이 있듯이 마음이 아프거나 고민 상담을 할 수 있는 심리 상담실도 절실하게 필요했다. 부문의 총괄 중역을 찾아가서 그동안의 상담 사례와 현장의 심각성을 보고하고 상담실의 필요성과 설치를 요청했다. 그리고 얼마 지나지 않아 지금의 심리상담실이 회사 내에 설치되었다. 일본 조선소에서는 우리보다 훨씬 오래전부터 회사 내에 심리상담실이 있었다. 직원들의 심리 상담은 물론이고 안전사고 관련자의 후유증까지 치료했다. 그 결과 정상적으로 근무할 수 있는 컨디션으로 회복되었을 때 작업장으로 복귀시킴으로써 사고율은 현저히 줄었다. 이런 일본 조선소의 관련 자료를 보고서에 첨부한 것이 설득력이 있었다고 했다. 이미 회사를 떠났지만 내 열정과 존재감을 인정해 주신 그 당시 총괄 임원께 감사드린다. 좀 더 오래 그분과 함께 근무를 했더라면, 내 능력을 발휘할 더 많은 기회가 주어졌더라면 어땠을까? 나에게도 유리천장은 힘들어도 유리 벽 정도는 깰 수 있는 기회가 왔을 수도 있었을 것이라 생각되어 아쉬움이 남는다. 가혹할 정도로 힘들게 한 상사들이 나를 더 강하게 단련시켜 주었다. 그리고 나의 잠재력과 능력을 인정하고 격려해 줬던 많은 조력자가 있었기에 40여 년간 한 회사에서 정년퇴직을 할 수 있었다. 그래서 행복한 직장인이라고 생각한다. 준비된 자에게 기회는 반드시 온다고 했듯이 산업카운슬러로서, 직장 내 성희롱, 괴롭힘 예방 교육 강사로서 누구나 할 수 있지만 아무나 할 수 없는 영역에서 열정적으로 일했다. 하지만 승진에서는 역시 보이지 않는 유리천장이 버티고 있었다. 유리천장을 깰 수는 없었지만 유리 벽에 온몸으로 부딪쳐서 흠집을 내고 금이라도 나게 하려고 무던히도 애를 썼다. 10여 년간의 연구소 근무는 박사들과 같은 조직에서 경쟁한다는 것이 불공정하고 비상식적인 경기일 수밖에 없었다. 동일 업무, 동일 직종에서도 출산과 육아 등으로 여직원의 승진이 늦어지는 것은 다반사였다. 다행스럽게도 최근 금융권과 공공기관에서는 호칭 및 직급이 없어지는 등 수평적인 직장 문화가 강조되면서 여성 리더들의 능력도 공정하게 평가되는 듯 보인다. 하지만 일반기업에서는 여전히 유리 벽은 공고하고 여성 임원 발탁은 ESG 경영에 발맞춘 구색 갖추기에 불과한 미진한 수준이다. 조직에서 고위 직급으로 올라갈수록 남성 중심 문화가 더욱 뿌리 깊게 자리 잡고 있다. 기업에서 자발적으로 여성 리더를 키우기보다는 억지로 자리를 채우는 수준에 불과하다. 또한 여성 인재가 임원으로 성장하지 못하는 외부적 요인으로는 남성들은 처음부터 다양한 분야에서 성장할 수 있도록 판을 깔아주고 위에서도 적극적으로 끌어준다. 반대로 여성은 업무가 한정되는 등 인력개발 불균형이 너무 큰 것도 현실이다. 또한 육아와 승진에서의 한계를 느끼고 40대 무렵에 직장을 떠나는 여성들이 많아지면서 여성 인재들이 급격히 줄어들고 있다. 2000년대 들어서는 고등교육 이수 비율에서 여성이 더 우세한 상황임에도 불구하고 남녀 임금 격차는 높은 수준에서 정체되고 있다. 유년기에는 여군에 입대하여 진짜 사나이들을 호령도 해 보고 싶었다. 장교와 대령도 되어서 별도 달아보고 싶었다. 고등학교 교련 수업에서 군가를 부르고 행군하면서 '받들어총'이라고 외치며 경례하는 것이 신이 났었다. 적성에도 잘 맞는다고 생각해 국군간호사관학교 진학을 목표로 했다. 그 당시 여군으로서 가장 빨리 성공할 수 있는 길이 국군간호사관학교 진학이라고 생각했다. 꿈도 꾸고 실제로 도전했지만 1, 2차는 통과하고 3차의 면접에서 낙방했다. 그 당시의 면접 장면은 미스코리아 선발대회장을 방불케 했다. 결과에 승복하고 받아들이는 데에도 시간이 좀 걸렸다. 지금 생각해 보니 국군간호사관학교 불합격은 오히려 전화위복이 된 것 같다. 상명하복이 당연한 군대문화에서 공공연하게 일어나는 여군에 대한 성차별과 비인권적 처우가 자살로 몰고 가는 사건 · 사고를 접할 때마다 간담이 서늘해진다. 만약 내가 피해자였다면 가해자를 직접 응징했든지 아니면 스스로 목숨을 끊는 비극적인 결단을 했을 수도 있기 때문에 불합격이 오히려 다행이라 여겨지는 것이다. 어느 조직이든 어디서든 여성에 대한 차별과 유리 벽은 존재하고 지금의 유리천장은 방탄유리로 더 단단해져 가고 있는 것이 현실이다. 승진을 하고 위로 올라가고 싶다는 의사를 분명하고 명확하게 표현하고 그렇게 되기 위해서 실천과 노력도 아낌없이 했다. 그렇게 명확한 의사 표현을 하면 결단력과 책임감이 강하다는 인상도 심어주고 스스로도 강해지는 것을 느낄 수 있었다. 성차별을 받고 있다는 생각이 들 때마다 묵인하지 않고 즉시 행동으로 옮겼다. 행동하지 않으면 차별은 사라지지 않고 유리천장은 깨지지 않는다는 생각에서였다. '생각 없이 살면 사는 대로 생각한다'는 말이 있다. 생각하며 살고 있는 이 순간이 내 생각이 되고 그 생각이 내 삶을 채울 수 있었기에 지금까지 잘 살아왔다. 그리고 잘 살아가고 있는 지금 이 시각을 다시 한번 다잡아본다. 여성의 정치, 경제적인 참여는 확대되었지만 유리 벽에 막혀, 능력을 펼치지 못하고 유리창 근처에도 가지 못하는 구조적 문제가 만연해 있는 것도 현실이다. 여전히 존재하는 여성에게 불평등한 노동시장의 유리천장을 깨기 위해서는 정부 차원에서 성차별 해소를 위한 노력이 절실하다. 정부는 적극적인 고용개선 조치를 통해 기업으로 하여금 고용의 전 과정에서 발생하는 성차별을 금지하고 자발적으로 여성 임원을 확대하도록 구조를 변화시켜야 할 것이다.

– 상사와 조직(슬기로운 직장 생활)

40여 년의 직장 생활에서 많은 상사를 만나고 헤어졌다. 퇴직을 앞둔 이 순간, 함께 했던 상사 한 분 한 분이 기억에 남아있다. 가슴 깊이 간직된 상사, 기억에만 있는 상사, 만나고 싶지 않은 상사 등 다양하다. 누군가의 기억에서 자신이 잊힌 존재가 되길 바라는 사람은 없을 것이다. 중요한 것은 나의 가치와 성장, 경쟁 우위를 갖도록 기여했던 직장 상사가 좋은 상사로 기억된다. 길고 멀리 내다보며 조직과 구성원의 바람직한 모습과 목표를 정해 혹독하게 이끌면서도 순간순간 인간적인 배려도 하던, 강하면서도 따뜻했던 상사가 그립다. 상사와 조직이 힘들게 할 때마다 그들이 더욱더 나를 성장시켜 줄 것이라는 긍정적인 자기 암시를 하면서 매 순간 최선을 다했다. 그리고 근무 시간에 충실했다. 특히 퇴근 시간보다 출근 시간에 더 많은 신경을 썼다. 조금만 더 일찍 출근하면 나에게 훨씬 편안하고 유리한 점이 많다. 업무 준비와 함께 자기관리 시간도 충분히 주어진다. 일찍 출근하면 '성실한 직원'이라는 인상을 준다. 입사 이후 지금까지 단 한 번도 지각한 적이 없다. 근태 관리도 철저히 했다. 조직에서 이미 결정된 사항에 대해서는 토를 달거나 불만의 표현은 하지 않아야 한다. 조직에서는 불만이 없는 듯 행동하고, 무엇보다 먼저 프로 의식을 장착한 후 업무에서 인정을 받아야 한다. 서운한 감정과 불만이 있을 경우에는 해결 방법과 함께 간결하게, 최대한 예의를 갖추고 정중하게 제안해야만 한다. 동료들과의 관계에서 과도한 친절과 지나친 배려도 좋지 않다. 자신의 감정에 충실하고 업무 성과는 스스로 생색도 내야 한다. 본인이 생색내지 않으면 직장에서는 어느 누구도 챙겨주지 않는다. 프로답게 객관적이고 냉철한 판단으로, 냉혹하게 자신을 관리하는 것이 슬기로운 직장 생활의 기본이라고 생각한다. 조직에서 정신적인 싸움을 피하지는 말되, 개인적인 감정을 섞는 것은 좋지 않다. 혹시 상대방이 개인감정을 섞어 말을 할 경우, 확실한 데이터, 사실관계 등을 강조하며 객관적인 태도를 취해야 한다. 직장에서 주인 의식은 결코 강요와 압박으로 이루어지지 않는다.

직장 생활은 사다리 타기 게임과 비슷하다고 한다. 같은 선상에서 출발하지만, 그 결과는 천양지차로 벌어지는 것과 중간에 오르락내리락하는 것도 마찬가지다. 불과 몇 분 뒤의 사다리 타기 결과를 미리 알 수 없듯이 10년, 20년 후의 결과를 미리 알고 직장 생활을 할 수 없는 것이 현실이다. 나 혼자만 살아남고 부서는 망하거나, 나만 포상(칭찬)을 받고 동료들은 다 벌점을 받는 행동은 현명한 처세가 아니다. 그 순간, 승자가 된 것 같지만 결국은 물이 새는 선박에서 제일 먼저 하선한 선원이라는 딱지를 뗄 수는 없을 것이다. 나로 인해 부서 혹은 부서원 중 누군가에게 고통이나 회생 불가능한 치명적 상처를 주는 행동까지는 하지 말아야 한다. 슬기로운 처세는 양지陽地만을 좇는 것은 아니다. 모두가 오른쪽으로 갈 때 혼자만 왼쪽으로 가는 것 역시 처세이다. 비록 그 길이 외롭고 불편이 기다린다고 해도 자신이 왼쪽을 결정하고 그쪽으로 방향을 잡는 것 역시 처세이다. 흔히들 모두가 선택한 길, 상사가 선택한 결과에 순응하는 것이 옳은 처세술이라고 하지만 그 반대의 경우도 '슬기로운 처세'일 때가 있다. 고집스럽게 자신의 주장을 내세우고 모두가 선택한 편한 길을 마다하고 나만의 외로운 선택을 했던 적이 많다. 어쩌면 처세가 부족했고 융통성이 부족했을지도 모른다. 하지만 나만의 처세를 해 왔다고 자부한다. 나와 다르다고 꼭 상대가 틀린 것은 아니다. 상대방의 처세에는 그만의 원칙이 있기 때문이다. 처세술의 단어 속에 내포된 여러 의미 중에서 자기 눈에 보이는 것만 찾지 말아야 한다. 처세는 자신이 살아가는 삶의 다양한 방법 중 하나이기 때문이다. 누구의 처세가 옳은지 판단할 필요는 없다. 세상에는 결과가 뻔히 보이고 험난하고 때로는 외롭더라도 40여 년간 한 직장에서 그 길을 묵묵히 걸어온 나도 있기 때문이다.

– 이유 있는 일상 탈출

15여 년간의 직장 생활과 둘째 아이를 임신하면서부터 일상이 권태롭고 우울감이 느껴졌다. 출산 이후에도 그 감정이 계속되면서 여러 방법으로 나를 찾으려 부단히 애를 썼다. 취미 활동도 하고 다양한 모임에도 참여하는 등 나를 업그레이드 할 무언가를 찾아 헤맸다. 그러다가 결심한 것이 카운슬러 자격증 취득이었다. 2급은 사이버 과정으로 취득하고, 1급 산업카운슬러 자격증은 주말을 이용하여 6개월간 매주 울산에서 서울을 오가며 노력한 끝에 2004년 8월에 취득하였다. 그리고 일본카운슬러협회 주관으로 1천여 명이 모인 일본 센다이 국제센터에서 열린 일본산업카운슬링 전국 대회에 참석했다. 한국 대표로서 일본어로 발표를 하고 박수를 받았을 때가 지금 생각해도 내 인생의 감격스러운 최고의 순간으로 기억된다. 2004년 5월 일본산업카운슬링 제34회 전국대회 협회 홈페이지에 나의 참가 후기가 게재되는 보람도 있었다. 1996년 둘째의 육아 휴직 때 떠난 일본살이, 중고 자전거를 구입하여 동경에서 홋카이도까지 일본 전국의 주요 도시를 달렸다. 걷고 넘어지기를 반복하면서 보람도 느꼈지만 참 많은 회한의 눈물을 흘리기도 했다. 막연한 기대와 두려움으로 여행을 시작한 것이 아니라 현실의 어려움을 알고 도전하는 심정으로 떠난 것이다. 이러한 일도 살면서 한 번쯤은 해볼 필요가 있다고 생각한다. 가족과 직장을 떠나 온전히 혼자가 되어 견뎌내 보자는 생각으로 시작한 일본 여행, 지나고 보니 인생 최고의 봄날이었다. 온전히 나 자신만을 위해 시간과 돈을 투자한 것이다. 쌓인 스트레스를 해소하고, 권태로움과 우울한 감정을 벗어던져버리고 온전한 일상으로 돌아올 수 있었다.

큰아이가 6학년 둘째가 2학년 여름 방학 때의 일본 자유여행은 아이들과 함께한 최초의 해외여행이었다. 그때 처음으로 아이들은 내 일본어 실력을 자랑스럽다고 말해 줬다. 어릴 때 떼어 놓고 혼자 한 여행에 대한 죄책감도 조금은 갚은 듯했다. 사랑하는 가족과 함께하는 시간이 가장 행복하고 소중한 것임엔 틀림이 없다. 휴직과 여행은 직장과 가정에서부터의 완전한 분리를 말한다. 조직에서의 역할과 가정에서의 역할이 사라지게 되면서 온전히 자신만을 바라볼 수 있다. 그래서 나 역시 육아 휴직과 여행을 통해 진정한 나를 찾아가는 시도를 할 수 있었다.

하지만 현실적으로 육아 휴직이 쉽지만은 않았다. 무엇보다 회사에서는 창사 이후 육아 휴직을 첫 번째로 시행하는 것이었기 때문이기도 했다. 꼭 휴직이 아니더라도 삶에서 쉬는 시간을 갖고 그 속에서 진짜 자신을 찾아가는 시도를 해 봐야 한다. '나'라는 존재가 함몰될 수밖에 없는 이 복잡한 일상에서도 나를 찾는 여행은 필요하다. 내 안의 나를 잘 관찰하여 내가 무엇을 할 때 가장 행복한지, 나답게 살아가는 것이 어떤 것인지 발견해야 하고 그런 삶에 가까워지도록 노력해야 한다. 그리고 그 과정에서 또 다른 행복도 찾아야 한다. 일본 여행길에서 느낀 고독한 마음은 동경 지사의 동료 선배님들이 기꺼이 베풀어준 회포가 큰 위안이 되었다. 동경의 가장 중심지에 위치한 동경 지사의 방문과 환대에서 직원으로서 자긍심과 애사심은 최고조였다. 당시 담당 임원의 동경 지사 근무 덕분으로 대접을 받기도 했다. 감사드린다.

– 이제는 온전한 '나'로

이제는 직장 생활을 할 시간도 능력을 향상할 시간도 없다. 그동안 이왕 직무를 할 바에는 인정도 받고 더 보람되게 일하고 싶다는 심정으로 최선을 다했다. 일본 기술정보의 검색과 일본 자료 번역을 위해 밤을 꼬박 새우기도 했다. 일본 공학박사의 짧은 인터뷰 기사가 어눌한 발음과 방언으로 잘 들리지 않아 몇 시간을 녹음기를 듣고 다시 듣기를 반복하면서 씨름했던 기억은 지금 생각해도 뿌듯하다. 직장 상사와 동료들로부터 실력을 인정받고 신뢰받아야 직장 생활에서 성공했다고 말할 수 있다. 어느 분야에서든 그 분야 업무를 완벽하게 꿰뚫고, 어떤 상황에서도 해결책을 제시할 수 있는 전문가만이 인정받을 수 있다. 믿을만한 전문지식과 탁월한 능력을 보유하여 조직에서 경쟁력을 갖추고 행동으로 보여줘야 한다. 그래서 조직에서 유용하게 쓰일 수 있는 인재임을, 자신이 어떤 특별한 사람인지 정체성을 이미지 메이킹 해 보여 줘야 한다. 동료들과도 잘 소통하고 말하는 대로 행동해야 신뢰받을 수 있다. 지킬 수 없는 약속은 하지 않는다. 예를 들면, 그냥 의례적으로 '언제, 조만간 밥 한번 먹자' 같은 어설픈 약속, 빈말 등은 안 하는 게 좋다. 그리고 개인적인 이익보다 조직의 원칙과 이익을 우선시하는 게 좋다. 규정 준수하기, 동료들의 사생활 존중하기, 뒷담화하지 않기, 회사 기밀 지키기 등도 직장인의 규범이다. 동료끼리 서로 돕는 자세도 필요하다. 사람들이 필요로 하고 나에게 의지하고 있다고 생각하면 잘하고 싶다는 동기가 훨씬 더 커진다. 그렇게 되면 목적에 이바지하기 위해 더 노력하고 따라서 모든 것을 더 잘하게 된다고 생각한다.

– 회사가 바라는 직장인

프로처럼 보여야 프로로 일할 수 있다고 한다. 어떤 이미지를 보여주는가에 따라 동료들이 대하는 태도가 달라진다. 사회생활을 성공적으로 하기 위해 필요한 것은 화려하고 훌륭한 스펙보다 성실성과 인내심 그리고 인간성 등의 탄탄한 기본기를 바탕으로 가치를 증명해 보이는 것이다. 가능성을 계속 탐구하며 조직에서 낙오되지 않고 끝까지 살아남는 것만이 정의라고 믿고 작은 성공 체험을 계속 쌓으며 달려왔다. 조직 내에서도 온전히 나를 지지해 주는 동료나 선배가 있어야 나를 성장시키고 업무의 효율을 높일 수 있는데, 현실적으로 내 주위에는 그런 선배나 동료가 없어 늘 아쉬울 뿐이었다. 그래서 언제나 혼자서 절대 고독감을 느끼며 외로운 직장 생활을 나만의 방식으로 해 온 듯하다. 때로는 그 절대 고독감을 즐기면서 스스로를 믿고 칭찬도 해가면서 후배들에게 좋은 롤 모델이 되고자 최선의 노력을 다했다. 가끔은 책, 영상 등 외부에서 롤 모델을 찾아 패턴을 따라 하기도 해 봤다. 그리고 아무리 힘들더라도 할 수 있는 것을 찾아서 무엇이든 최선을 다한 후 결과를 기다리는 낙관주의자를 자처해 보기도 했다.

- 걷는다, 그리고 또 걷는다

한 때는 달리기 선수였고 산 다람쥐였던 내가 7년 전, 회사 단합 행사 중 넘어져 무릎 관절경시술 이후 달리고 뛰는 것이 힘들어졌다. 좋아하던 등산도 그만둘 수밖에 없었다. 회사에서 추진한 공식적인 행사였기 때문에 업무상 재해(치료 공상)가 가능했지만, 그 당시 회사 분위기로는 업무상 재해로 처리하기가 쉽지 않은 상황이었다. 그때 제대로 시술하고 재활 치료를 받았더라면 지금 이렇게 고생하지 않아도 되었을 텐데 후회되고 아쉽기만 하다.

대신 뛰는 것 말고 걷는 것을 선택했다. 나 자신에게 정신적 자극을 줄 수 있는 가장 좋은 방법이 신체에 자극을 주는 걷기라는 것을 알게 되었다. 회사 일에 지치거나 집안일이 힘에 겨워 무기력이 찾아올 때면 나를 다독이면서 걸었다. 그러면서 자연스럽게 걷기가 나의 일상이고 습관이 되었다. 이제는 걷기를 하지 않으면 몸이 근질근질하다. '나는 할 수 있다. 나는 나를 사랑한다. 그리고 걸을 수 있어서 감사하고 행복하다.'라고 마음속으로 외치면서 걷고 또 걸었다. 이제는 걷기의 매력에 푹 빠져 조금씩 걷는 거리와 시간을 늘리고 있다. 2만 보가 되고 3만 보가 되었다. 덕분에 혼자서 즐기는 취미가 하나 더 생겼다. 걷기는 대표적인 유산소 운동으로 우리 몸의 100개 이상의 근육을 움직여 긴장을 풀어주고 근육을 골고루 발달시켜 준다. 걸으면서 주변 풍경들을 둘러볼 수도 있고, 음악을 감상하면서 복잡한 머릿속을 정리할 수도 있다. 또 다른 운동기구들이 필요 없어 따로 준비할 것도 없다. 한마디로 걷기는 누구나 손쉽게 시작할 수 있는 운동이다. 그리고 걷기 운동 후의 충만감은 음식을 더욱 맛있게 만들어 준다. 걷기를 운동으로 한다면 최소한 30분 정도는 지속적으로 걸어야 한다.

출퇴근 길에 가급적이면 배낭을 메고 양 손은 자유롭게 움직이면서 편안한 운동화를 신고 연속으로 30분 이상을 걷는다. 점심시간에도 식사 전 30분 걷기를 한다. 걸으면서 피로가 줄어들고 에너지가 축적되는 것을 느낄 수 있어야 운동으로써 제대로 걷기를 했다고 할 수 있다. 자신의 걷는 속도 판별은 횡단보도 신호로 알 수 있다. 횡단보도는 보행자가 '1초에 1m' 속도로 걷는다는 것을 전제로 설치돼 있기 때문에 청신호로 바뀐 순간 횡단보도를 건너기 시작해서 다 건너기 전에 신호등이 깜빡인다면 보행 속도는 느린 편이다. 일본의 걷기 전도사 나가오 가즈히로 박사(『병의 90%는 걷기만 해도 낫는다』의 저자)는 "걸으면 뼈가 튼튼해지고 나이가 들어 무릎이 쑤시거나 허리가 결리는 증상을 줄일 수 있으며, 치매도 예방할 수 있고 증상이 생기더라도 걸으면 호전된다"고 했다. 또 기관지천식, 편두통, 면역계 질환, 불면증, 정신병 등 각종 질환도 걷기로 다스릴 수 있다고 했다. 잘못 걸으면 어깨, 목, 무릎, 허리에 통증을 유발할 수 있어 걷는 자세도 중요하다. 올바른 걷기는 허리를 곧게 펴고 머리를 세운 다음 팔에 힘을 빼고 크게 흔들며 걷는 것이 좋다. 그리고 발은 뒤꿈치가 먼저 땅에 닿게 하고 발가락 부분이 지면을 차듯이 전진하는 것을 반복하는 것이 요령이다.

코로나19로 인한 새로운 일상 속에서 올바른 걷기 운동으로 건강을 지켜나가고 있다. 기울어진 듯하면 모자란 건 채우고 넘친

건 덜어낼 수 있는 평형감각이 늘 작동하기를, 부드럽고 유연하게 평형 눈금을 잘 맞추며 걸어갈 수 있기를, 신발 굽이 고르게 닳도록 몸 똑바른 걷기를 계속할 것이다.

– 갑과 을(을의 입장에서 정면 도전)

우리 사회는 몇몇 성공한 여성 리더에 의해서 또는 드라마에서 종횡무진 활약하는 이상적 여성상이 부각되면서 언젠가부터 남녀 평등의 단계에 돌입한 것처럼 보인다. 그러나 실제로는 어떤가? 워킹맘들의 일과 육아를 병행하는 힘겨움 속에서 직장 상사와 남편에게 갑이 아닌 을의 입장으로 서 있는 것이 여성의 현주소이다. 나도 40년 넘게 직장 생활을 해 왔기 때문에 별 장애나 차별 없이 여권을 누렸다고 생각할지 모르나 전혀 그렇지 않다. 최선을 다하는 건 내가 할 수 있는 것이었다. 그러나 그 결과가 최고인 건 하늘에 맡기고 내가 할 수 있는 과정을 걸어갈 뿐이라는 생각으로 나의 길을 뚜벅뚜벅 걸어왔을 뿐이다. 단지 다른 점이 있다면 어떤 파도에도 신경쓰지 않는 우직함과 나만의 능력을 믿는 자신감이다. 지금까지 살아온 과정에서 얻은 노하우가 쉽지만은 않았던 직장 생활에서 지금까지 살아남은 비결로 작용한 것이다. 매 순간 무시당하는 것에 상처받고 걱정하고 나에 대한 여론이 안 좋다고 좌절하는 것은 내 역할이 아니라고 애써 외면도 했다. 동료들과 상사의 표정 하나하나에 일희일비했다면 절대 정년퇴직은 하지 못했을 것이다.

불과 30여 년 전만 해도 여성의 사회생활은 결혼으로 대부분

끝이었다. 회사에서의 결혼 휴가와 출산휴가는 내가 첫 주자(케이스)였다. 최근 들어 여성이 직업을 갖는 게 당연한 시대가 되면서 삶은 더 고달파졌다. 일과 살림, 육아까지 병행하며 몸도 지치고 마음의 병까지 깊고 많아진 것도 사실이다. 아직도 여성들은 어릴 적 부모님이나 어른들에게 들었던 여자는 조신해야만 한다는 사고방식에 주눅 들어 있는 상태로 가만히 있는 게 본전이란 생각을 하는 사람도 있다, 암탉이 울면 집안이 망한다고 말하는 사람들에게 항의하면 '시끄럽다', '수다스럽다', '드세다'는 빈축을 사면서 점차 생기와 에너지를 잃어가는 여성도 있는 현실이다. 이런 부당한 현실에 당당히 맞서왔다. 뭔가를 얻어내기 위해서는 말하지 않는 것보다 말하는 편이 더 효과적이라는 것을 깨닫고, 희생과 헌신을 강요하는 분위기에 늘 '정면 도전'했다. 요구하지 않고, 말하지 않으면 아무도 들어주지 않는다. 우는 아이 떡 하나 더 준다는 건 정말 맞는 말이다. 요즘에는 암탉이 울어야 알을 낳고 집안이 살아난다. 기가 죽는 순간 조직에서의 존재감은 약해진다. 나는 여자를 연애 상대로만 취급하는 상사의 성적 괴롭힘 피해자로서의 경험도 갖고 있다. 30살 이상의 여자와는 잠자리를 안 한다는 말을 서슴없이 하고 다니는 몰상식한 동료들과 몰지각한 남자들 틈에서 지치고, 상처받으며 때로는 심한 우울증을 겪기도 했다. 피해자 입장에서 문제를 해결하기 위해 백방으로 뛰어다녀도 도움을 주지 못한 자괴감에 더욱더 성차별과 성폭력에 적극적으로 관심을 두고 대처해 왔다. 그리고 이젠, 누구나 할 수 있지만 아무나 할 수 없는 전문가의 경지에 이르게 되었다.

– 끊임없는 노력(나이 들어도 내 가치를 끌어올린다)

플라톤의 저서 〈향연〉 속의 인간은 두 인간이 합체된 모습으로 두 개의 얼굴, 네 개의 팔과 다리를 가지고 있었다. 그들은 강하고 용맹스러웠다. 그들은 독단으로 신들에게 도전했고, 신들은 패배한 인간들에게 몸을 둘로 나누는 형벌을 내렸다. 이렇게 반쪽이 된 인간은 나머지 반쪽을 찾아 나서게 된 것이다. 하지만 현실은 고대 그리스 신화와는 좀 달라야 하지 않을까. 반쪽을 찾아 나서기보다는 여자나 남자 모두 혼자서도 설 줄 아는 능력을 길러야 한다. 독립적이지 못 한 사람은 당연히 배우자나 상대에게 더 많은 것을 요구하게 된다. 이렇게 많은 것을 원하다 보면 결국 주고받는 것에 균형이 깨지고 관계는 무너질 수밖에 없다. 어떻게 상대방의 모든 요구를 충족시켜줄 수 있겠는가? 상대가 필요해서 사랑하는 것과 상대를 사랑하기에 필요로 하는 건 분명 다르다는 사실 또한 알아야 한다. 나이가 육십 언저리쯤 되면서 타인의 공감이나 관심을 바라지 않게 되었다. 타인에게 이래라저래라하는 것도 매번 같은 문제로 부딪히는 것도 그만두었다. 요구하는 습관은 나와 주위 사람들을 힘들게 할 뿐이다. 타인에 대한 욕심도 버렸다. 나와 맞지 않으면 붙들려 하지 않고 미련 없이 놓아주었다. 그렇게 함으로써 모두가 편안하고 행복한 일상을 누릴 수 있다. 이제 와 생각해 보니 매 순간 그 나름대로의 특별한 의미가 있었고 최선을 다했기에 후회도 미련도 없다. 그래서 다시 20대, 30대로 돌아가고 싶지도 않다. 진정한 의미의 행복도 알게 되었기에 고마울 따름이다. 죽을 만큼 힘들었던 지난 시간도 돌아보니 감사하지 않은 게 없다. 당연하게 누리고 있는 것들을 바라보는 감사한 마음이 또 다른 고마운 것을 찾게 하고 또 힐링하게 해 준다. 그래서 지금, 이 순간 살아 숨 쉬고 있음이 축복인 것이다.

복잡한 인생의 질문에 대한 답을 찾는 가장 쉬운 방법은 책을 읽는 것이다. 코로나19로 인하여 집에서 머물러야 했던 시간에 책을 읽고 영화를 많이 봤다. 그러면서 한결같은 꾸준한 실천으로 한 분야에서 최고가 된 주인공의 이야기는 내 가슴을 뛰게 했다. 60살 이후의 내 삶을 어떻게 살아갈지 불안한 한편, 가슴이 떨리기도 한다. 아직 늦지 않았다고, 더 멋지게 살 수 있다는 또 다른 희망도 품게 되었다. 더불어 진짜 나를 찾기 위한 여정에 대한 구체적인 방법도 회사에서 진행한 '은퇴 설계 지원교육' 과정을 통해서 도움도 받았다. 특히 행복한 삶이 무엇인지 내 삶을 통해서 내 아이들에게 보여 주고 싶다. 매 순간 아들딸에게 부끄럽지 않은 엄마, 내가 아이들에게 바라는 삶을 나부터 살아서 보여주고 싶었다. 지금까지는 뭘 좋아하는지, 무엇을 잘하는지, 하고 싶은 것도 모른 채 집과 회사를 오가며, 오로지 앞만 보고 여기까지 왔다. 이젠 사람들이 좋다고 하는 것은 일단 뛰어들어 실천 해 본다. 하다가 아니라고 생각되면 바로 멈춘다. 하다가 그만두면 안 하는 것만 못한 것이 아니라 한 것만큼은 내 것(경험)이 되는 것이다. 그 경험이 지금 당장은 아무 소득이 없더라도 언젠가 큰 자산이 되어 돌아올 것이라는 믿음도 갖게 되었다. 그래서 새로운 경험도 즐길 것이다. 나이를 먹어 간다는 것은 그만큼 나의 지난 과거가 더 두꺼워진다는 것이다. 그래서 지난 추억을 그리워하는 시간이 많아지는 것은 자연스러운 현상이다. 지난 날을 되돌아 보고 그 시간을 추억하는 여러 가지 감정을 고스란히 느끼는 것은 유용하고 가치 있는 일이 될 것이다. 그것은 내가 어떤 사람인지 더 잘 알 수 있게 해 준다. 자신의 발전을 가로막는 것은 과거의 자신이 될 수도 있기 때문에 너무 과거에 얽매이고 집착하는 것은 좋지 않다. 그래도 자신의 과거는 소중한 것이다. 소중한 현재와 다가올 미래를 모두 과거에 종속시키는 것이 잘못(실수)이라면 현재와 미래를 선호한다는 이유로 소중한 과거를 폐기 처분하는 것 또한 실수가 될 것이다. 미래의 노년기에는 그 시기에만 맛볼 수 있는 기쁨과 즐거움이 있고 고통도 분명히 있을 것이다. 나의 노년기를 기회의 시기로 생각할 것이다. 모두에게 절대적인 정답은 존재할 수 없다. 가장 발전적이고 긍정적인 선택들로 나머지 삶도 채워 나갈 것이다. 미래에 보고 싶고 만나고 싶은 사람의 모습으로 지금 이 순간을 살자고 마음을 다잡아 본다.

– 기회는 노력이 주는 선물

입사 2년 후, 울산대학교 경영학과에 83학번으로 당당히 합격했다. 남들보다 조금 늦긴 했어도 누군가의 도움 없이 오직 나의 노력으로 이룬 성과라 정말 기뻤다. 기쁨도 잠시 두 마리 토끼를 잡는다는 게 결코 쉽지 않았고, 두 번의 휴학 끝에 6년 만에 겨우 졸업할 수 있었다. 그런데 일본어가 내 인생의 큰 전환점이 될 줄이야! 일본어는 대학 1학년 필수 교양 과목 중 하나였다. 어릴 때 친할아버지께 천자문을 배우기도 했고 고등학교 때 일본어가 제2 외국어였다. 그래서인지 일본어가 낯설지 않고 오히려 재미있게 느껴졌다. '좋은 기회다! 외국어 하나는 완벽하게 해보자' 이런 마음으로 꾸준히 공부를 했다. 대학을 졸업할 때쯤에는 일본어학과 전공자 수준의 실력을 갖추게 되었다. 그 당시, 조선산업(선박 건조) 관련 자료들은 대부분 일본 조선소에서 갖고 온 것들이었다. 회사에서 일본어를 잘하는 직원이 필요하던 차에 나에게도 기회가 왔다. 나는 그 기회를 잡았고, 일본어로 된 원문을 우리 회사의 생산 현장에 맞게 한국어로 번역하는 것이 나의 새로운 일이 되었다. 그 후로 10여 년간 회사 내 일본어 번역 및 자료 분석 업무를 도맡아 하며, 그 능력을 인정받았다. 1980년대 초반, 여직원은 결혼하면 회사를 그만두어야 했던 그런 시절에 나는 대리로 승진까지 했다. 햇병아리 '타이피스트'에서 '일본 통'으로 한 단계 성장하게 된 것이다. 아는 것 보다 모르는 것이 더 많다는 것을 순간순간 자각할 수 있기를 바라본다. 그리고 알더라도 모르는 것이 더 많다는 걸 매 순간 알아챌 수 있는 지혜에 깨어 있기를 소망한다.

– 창업주 서거 20주년 나는 근속 40주년

2021년 3월 21일은 아산 정주영 명예회장님이 서거한 지 20주기가 되는 해이다. 창업주의 20주기를 맞아 아산의 기업가정신과 나눔, 소통의 철학이 재조명되었다. 같은 해에 입사 40주년이 되어 회사 창립기념일인 3월 23일 근속 수당과 근속 휴가를 받았다. 오뚝

이처럼 버티면서 위기를 기회를 바꾼 명예회장님의 강한 정신을 본받아 40년간의 직장 생활을 영위해 올 수 있었기에 감회가 새롭다. 특히, 저서 '이 땅에 태어나서' 에서 "인생이란 시련의 연속이며 계속되는 시련과 싸우면서 그것을 극복해 나가는 과정이 우리의 삶"이라고 한 부분이 나의 인생 지침이 되었다.

회사 내에 마련된 '아산 정주영 20주기 추모 사진전'을 방문했다. 우리나라 근현대사에 한 획을 그으신 역사적 순간이 담긴 사진과 어록을 감상하고 흉상을 둘러보면서 고인의 업적을 기리는 시간도 가졌다. 또 흉상 좌대 옆면에 새겨진 추모 글을 꼼꼼하게 읽어보고 아산의 정신을 되새기기도 했다. 흉상에는 "불굴의 의지와 개척자 정신으로 우리나라 경제 발전에 커다란 발자취를 남기고, 시대를 앞선 선구자적 정신으로 없는 길도 새롭게 개척하며 긍정적 신념과 창조적 도전정신을 심어준 아산 정주영의 공적을 기리고 정신을 계승하고자 한다"는 추모 글이 쓰여 있다. 창업주의 회고록인 '시련은 있어도 실패는 없다'는 나에게 크나큰 좌우명이 되었다. 실패와 역경을 극복하며 발전할 수 있다는 그분의 의지야말로 내가 배워야 하는 가장 소중한 정신이었다. 가슴에 남아 나의 삶에 지속적으로 영향을 미치는 그분의 회고록 일부를 인용한다.

매일 매일이 발전 그 자체라야 한다. 어제와 같은 오늘, 오늘과 같은 내일은 정지가 아니라 후퇴라는 것을 알아야 한다. 한 걸음 두 걸음씩이라도 우리는 매일 발전해야 한다. 모험이 없으면 큰 발전도 없다. 세상일에는 공짜로 얻어지는 성과란 절대로 없다. 사람은

의식주를 얼마나 잘 갖추고 얼마나 잘 누리고 사느냐가 문제가 아니라 얼마나 많은 사람한테 얼마나 좋은 영향을 끼치면서 사느냐가 중요하다고 나는 생각한다. 길을 모르면 길을 찾고 길이 없으면 길을 닦아야 하지. "불가능하다고? 해보기는 했어?", "시련이지 실패는 아니야."

〈아산 정주영 명예회장의 흉상〉

세계적으로 유명한 경영학 박사인 게리 하멜은 급변하는 세상에서 살아남으려면 반역을 꿈꾸라고 했다. 그러기 위해 기존의 방법을 성실하게 반복하는 '꿀벌' 대신 거침없는 상상력으로 과감하게 행동하는 '게릴라'가 되라고 주장한다. 주베일 항만 공사에는 울산에서 제작된 거대한 구조물을 바지선에 실어 걸프만까지 옮기는 기발한 방식을 생각했고, 서산 방조제 물 막이 공사 때는 23만톤급 유조선을 가라앉히는 충격적이고도 기상천외한 방식을 상상해 내셨다. 거북선이 그려진 500원짜리 지폐를 보여주면서 영국 A&P 애플도어 찰스 롱바텀 회장을 설득해, 바클레이 은행장 앞으로의 추천서를 받아낸 이야기, 한편으로는 조선소를 지으면서 다른 한편으로는 배를 함께 지은 이야기는 익히 아는 얘기들이지만, 지금 생각해도 가슴이 뛴다. 나 역시 지금이 또 다른 나를 찾는 두 번째 반역을 할 수 있는 최적의 시기라고 믿는다. 안 되는 이유를 찾기보다는 해야 할 이유를 찾으며 내 인생의 조연이 아닌 주연으로 살고 싶다. 일상의 분주함 속에서 나를 찾아가는 시간을 만들어 나가고 있다. 기회는 미래에 있지 않다. 지금 하지 못하면 미래에도 하지 못한다. 지금 바로 여기서부터 해야 한다.

'나 때는 말이야'는 MZ세대(밀레니엄세대+Z세대)가 기성세대의 꼰대 같은 모습을 비꼴 때 쓰는 표현이다. 기성세대가 뭐라고 하면 잔소리로 치부하며 귀를 닫을 것 같은 MZ세대도 고 정주영 현대그룹 명예회장의 일대기에는 공감의 반응을 보인다. 1990년대 후반에 태어난 MZ세대는 정 명예회장의 생전 모습을 본 적도 없다. 어려서부터 인터넷과 영상 매체에 익숙한 MZ세대는 그들만의 방식대로 정 명예회장을 추모하며 그분의 어록을 되새기고 있을 것이다. MZ세대는 어려서부터 지구촌 어디서나 글로벌 브랜드 '현대(HYUNDAI)'를 접한 세대로 경제적으로도 풍요롭다. 가난한 농부의 아들로 태어나 초등학교만 졸업하고 끼니를 걱정해야 했던 정 명예회장의 삶은 먼 나라 이야기에 가깝다. 하지만 무일푼에서 일궈낸 성공신화를 보면서 '개천에서도 용이 나온다', '흙수저도 노력만 하면 성공할 수 있다'는 공정한 사회가 불가능한 것이 아니라는 걸 깨닫게 된 것일 듯하다. 그분의 서거 20주년을 맞고 보니 지금은 아쉽게도 사라져가고 있는, 소명 의식에 바탕을 둔 그 시대의 열정과 순수함이 느껴진다. 정주영 회장의 좌우명은 '일근천하무난사(一勤天下無難事: 부지런하면 어려움이 없다)'였다고 한다. 그런 정신을 가진 리더와 삶의 자세가 간절히 그리워진다.

– 희망퇴직 그리고 정년퇴직

회사에서 내게 희망퇴직을 권유한 적이 있다. 물론 온전히 본인 의지로 명예퇴직을 한 후 제2의 인생을 전원생활이나 여행을 통해 자기 자신을 찾아가고 새로운 길을 개척하는 동년배 동료들이 있는가 하면, 반대로 어쩔 수 없이 조직에서 밀려날 수밖에 없는, 명예롭지 못한 명예퇴직도 있다. 물론 둘 다 퇴직을 결정하기까지 얼마나 많은 고충이 있었을지 너무나 잘 안다. 나 또한 강요받은 명예퇴직 대상이었고 지금, 이 순간도 진행 상황에서 매 순간 자발적 왕따의 직장 생활을 하고 있다. 모두가 회사라는 울타리를 벗어난다는 것에 두려움이 크다. 오죽하면 '미생'이라는 드라마에서 '직장은 정글이지만 회사 밖은 지옥'이라는 말까지 나왔을까? 그래서 더욱 그들의 선택이 대단하게 느껴지기도 했다. 그러다 보니 감히 희망퇴직을 하고 새로운 나를 찾아가는 여정을 감행하는 일은 내 삶과는 멀게 느껴졌고 두렵기도 했다. 하지만 새로운 도전을 하기에는 현재의 내 그릇이 채워지지 않았다고 생각되어 '사내 결혼 1호 부부'인 우리 부부가 '회사 내 희망퇴직 대상 1호 부부'로 부담감이 너무나 컸고 스트레스가 컸기에 남편은 명예롭지 못한 명예퇴직을 6년 전에 했고 나는 남았다. 혼자 남게 된 나는 매 순간 자신과 조직 속에서 투쟁의 연속이라는 기분으로 일했다.

제4부

직장 생활 2

– 내가 이룬 성공스토리

♦ 현대 정신으로 여성 운동 '해 봤어'

700만 관객을 돌파한 영화 '1987'을 보면서 처음 시작부터 마지막까지 뜨거운 눈물을 쏟았다. 그 영화에 나온 '운동화'가 34년 전 늙은 노동자가 사 준 '운동화'의 기억과 오버랩 되어 가슴을 파고들었다. 대한민국 민주화 운동의 상징 중 하나인 1987년 6월 민주 항쟁이 34주년을 맞는다. 노동자의 도시, 울산에서 조합원으로서 근로자의 권익향상, 개선을 목표로 가열찬 투쟁에 함께 했기에 감회가 새롭다. 저임금과 인권 침해적 근로조건 개선 등으로 신음하던 노동자들이 6월 민주 항쟁에 힘을 얻어 투쟁에 나섰고 나도 그 현장에 있었다. 회사에서 중장비(트랜스포터, 지게차 등)를 앞세우고 그 뒤를 수많은 조합원들이 차도를 걸어서 울산시청까지 행진을 이어갔다. 여성 조합원들을 인솔하여 대열의 앞쪽에서 행진하던 중 운동화 한 짝이 뒷사람의 발에 걸려서 벗겨졌다. 하지만 뒤를 이은 행렬 때문에 벗겨진 운동화를 못 찾고 행진은 계속되었다. 그런데 30여 분 후 나머지 한쪽의 운동화마저 벗겨져서 맨발로 시청 광장까지 걸어가야 했다. 현장의 뜨거운 열기 때문인지 운동화가 없어진 것도, 발이 아픈 것도 몰랐다. 시청 광장을 점령한 수많은 노동자들과 노동가를 부르고 구호를 외치며 잃어버린 '운동화'의 존재조차 잊고 있는 내게 새 운동화 한 켤레를 내미는 사람이 있었다. 말없이 건네주고는 유유히 사라진 늙은 노동자의 검고 주름진 얼굴이 지금도 생생하게 기억난다. 너무나 순식간에 이루어진 일이라 제대로 인사도 못 했다. 이제라도 진심 어린 감사의 인사를 드리고 싶다. 그때 시청광장에는 울산 지역의 학생과 회사원, 노동자 등 다양한 계층의 시민들이 항쟁에 적극적으로 참여했다. 그 노동운동으로 많은 노동자들이 투옥되고 해고되는 등 아픔을 겪었지만 열악한 노동인권을 향상하는 원동력이 되었다.

1987년은 대학에서도 학생운동이 한창이었고 운동의 주동자들을 '빨갱이'로 불렀다. 그 당시 회사 내 여직원 회장으로서 야간대학을 다니고 있던 때였다. 회사에서는 대학에서 학생운동 주동자로부터 의식화 운동을 전수받고 순진한 여직원들을 선동했다고 인사대기명령을 내렸다. 그리고 대학의 관계자를 통하여 내 뒷조사까지 했다. 조사에 응한 대학 교수님은 전복죽을 사 주면서 격려해 주셨고 지금까지도 인연이 이어지고 있다. 모든 사람은 보수와 진보가 함께 존재한다고 생각한다. 특히 내 경우는 더욱 그런 듯하다. 2022년 4월 말부터 전면 파업 중인 현장의 분위기는 과거와는 확연히 달랐다. MZ세대 직원들이 파업에 대해 비판을 쏟아내며 동참하지 않겠다고 선언했다. 노동자들이 똘똘 뭉쳤던 과거의 파업과는 너무나 달라진 풍경이다. 파업의 목적부터 완전히 달랐다. 지금의 임금 인상과 고용유지와는 달랐다. 1980년대의 기본 요구조건은 인간적인 대우와 노동 강도와 근무 환경 개선이 우선이었다. 그다음이 임금 인상과 정년 보장이었다. 임금 인상과 공정하고 자율적인 직장문화를 바라는 2030 젊은이들의 분위기와 정년 연장을 바라는 기성 세대의 요구를 고려해야 하는 상황이어서 노사간 좁혀야 할 간격도 적지 않았다.

MZ세대에게 더 이상 '평생직장' 같은 건 없다. '평생직장'은커녕 '평생 업종'마저 파괴된 전방위 이직 시대가 펼쳐지고 있다. 상황에 따라 여러 직장을 옮겨 다닐 수 있고 경우에 따라 임금 조건만 좋다면 임시직이나 초단기직을 선택하기도 한다. 요즘은 잦은 이직 경력이 능력 있다는 증거가 된다는 인식 변화도 있다. 정규직에 목을 매기보다 '워라밸'(일과 삶의 균형)을 위해 근무조건 등을 더 우선하는 경향이 있다. 코로나 사태를 계기로 재택근무에 익숙해진 젊은 직원들은 상대적으로 시간당 소득이 높고 유연한 근로 시간을 보장받는 노동시장의 선택 등 근로자들의 눈높이도 많이 달라졌다. 기업은 망망대해에 떠 있는 선박(배)과 같다. 생존을 위해 조화 속에 같이 노를 저을 수 있어야 앞으로 나아간다. 따라서 조직이 처한 어려움을 극복하기 위해서 서로에 대한 신뢰로 이뤄진 단합이 필요하다. 동료와 조직에 대한 신뢰가 서로에게 격려가 되고 힘든 시기를 이겨 낼 수 있는 힘이 된다. '우리가 잘 되는 것이 나라가 잘되는 것이고, 나라가 잘되는 것이 우리가 잘 되는 것이다'라는 공장 외벽의 슬로건이 새삼 인상 깊다. 존중과 배려, 노사가 함께하는 상생의 노사 문화로 성장, 발전하도록 함께 노력하는 것이 '현대 정신'을 계승, 발전시키는 길이라고 생각한다.

♦ 품격 있는 대응도 할 수 있다

40여 년간의 직장 생활을 끝내려 하니 수많은 기억이 떠오른다. 억울하고 부당한 대접을 받았던 기억, 갑질과 괴롭힘의 피해자가 되었던 아픈 장면들이 특히 많다. 꿀 먹은 벙어리처럼 아무 대응도 할 수 없었던 기억, 그렇기 때문에 두고두고 그 기억이 떠올라 '왜 그때 제대로 대응하지 못했을까'하는 아쉬운 순간이 너무 많다. 조직 속에서 힘이 없는 약자였기 때문에 어쩔 수 없었다고 결론 내리기에는 너무나 억울하고 고통스러운 순간이라 더 생생한 기억으로 남아 있다. 명백하게 내 잘못이 아니라는 것을 알면서도 어떤 문제에 직면했을 때, 그때그때 즉흥적으로 대응하거나 당황하여 제대로 대처하지 못했다. 또 때를 놓치고 최선이 아닌 차선의 선택을 할 수밖에 없거나 결국 최악의 선택을 한 경우도 많다. 존중하지 않고 함부로 대했던 그들에게 아주 예의 바르게 제압하는 결정적인 한마디를 통쾌하게 날리고 품격 있는 대처를 이제는 할 수 있다. 우리 사회는 성별과 관계없이 기회는 평등하고 과정은 공정하다고 말한다. 그렇게 믿고 싶지만 현실은 과연 그럴까? 코로나 이후의 삶은 우리 사회의 불평등한 성 구조를 개선하는 데서 출발해야 한다. 높아진 시민들의 성인지감수성에 비해 성차별적인 관행이 잔존하는 기업들은 소비자의 냉혹한 외면과 저항에 직면할 것이다. 코로나19로 여성 고용의 악화, 여성에게 가중된 돌봄 노동, 자가 격리 등으로 인한 가정폭력 증가 등 성 불평등이 심화되었다. 하지만 코로나19는 우리에게 공존하는 법과 연대의 중요성도 가르쳐 주었다. 서로의 다름을 인정하고 서로의 존재를 존중하는 사회, 여성들은 직장 내에서 성별을 떠나 동료로서 존중받기를 원한다.

♦ 셋방살이의 애환과 기숙사

– 연탄가스 중독

여직원들에게 회사에서 기숙사를 제공한 지는 그리 오래되지 않았다. 전국 각지에서 집을 떠나 일자리를 찾아온 여직원들은 회사 근처에 셋방을 얻어 자취생활을 했다. 나도 회사 앞에 있는 작은 아파트의 방 한 칸을 얻어 밥을 해 먹지 않고 잠만 잔다는 조건으로 친구 2명과 자취 생활을 시작했다. 9월에 입사를 했기 때문에 우리 자취방에서 연탄가스가 새어 나올 줄은 미처 몰랐다. 셋방살이가 처음인 초짜들이 뭘 알았겠나. 연탄 아궁이가 우리 방 가까이 있기 때문에 연탄 아궁이 문을 자유롭게 열고 막을 수 있어서 추운 줄은 모르고 지낼 수는 있었다. 대신에 연탄이 빨리 타 버려서 제때 새 연탄을 갈아야 한다는 사실은 알지 못해 수시로 연탄불이 꺼지는 불상사는 많았다. 타향살이의 첫 번째 겨울, 새벽이었다. 친구 한 명이 자면서 큰 소리로 방귀를 뀌면서 고통스러운 신음을 내는 것을 들었다. 가스 중독과 관련된 속설이긴 하지만 연탄가스에 중독된 사람이 똥을 지리면 죽지 않고 깨어난다는 속설을 나중에 알게 되었다. 그런데 그 친구가 나중에 보니 상당히 많은 똥을 지렸다. 그래서 살아난 것으로 믿었다. 또 한 명의 친구는 화장실에서 넘어지면서 쿵 소리와 함께 세숫대야의 시끄러운 소리가 들렸다. 내가 화장실로 뛰어갔을 때 친구는 이미 피를 흘리고 정신을 잃은 상태였다. 안방의 주인을 깨워서 인근 병원으로 두 친구를 이송했다. 연탄가스 중독으로 조금만 늦게 병원을 찾았다면 큰일이 날 뻔했다고 했다. 그 시절에는 연탄가스 사고는 빈번했고, 일산화탄소 중독으로 인하여 목숨을 잃는 경우도 종종 있었다. 왜 나는 아무런 증상도 없었을까? 아직도 신기하다. 추측하기에, 아마도 나는 12시가 훨씬 지나서 잠이 들었고 친구 둘은 나보다 일찍 잤기 때문에 연탄가스를 더 많이 마신 것이 아닐까 싶다.

1980년대에는 연탄 연료 사용량과 인기는 절정이었고 연탄보일러를 쓰는 가정이 대다수다 보니 그만큼 연탄가스 중독 사고도 빈번하게 일어났다. 1990년대 들어서면서 연탄보일러가 사라지고 기름보일러, 가스보일러를 쓰다 보니 연탄가스 중독 사고는 옛날 일이 돼버렸다. 바싹 말린 나무를 때서 구들을 데우는 구식 아궁이는 추억 속으로 모두 사라졌다. 나무 대신 구공탄으로 일부 온돌을 덥히던 때가 있었다. 하지만 방구들 사이로 스며 나오는 구공탄의 일산화탄소는 많은 목숨을 앗아갔다. 그 뒤로 나온 것이 물을 끓여 순환시키는 '새마을 보일러'다. 구공탄도 구멍이 22개인 '가정용 무연탄 2호'로 바뀌었다.

가스 사고가 현저히 줄긴 했지만 여전히 가스 중독은 겨울 뉴스의 단골 메뉴였다. 셋방에서 생활하는 여직원들은 연탄가스 중독뿐만 아니라 주인집 남자들로부터 성추행까지 당하는 경우도 많았다. 집주인과 함께 사용해야 하는 화장실이 불편하여 새벽 일찍 출근해 회사 화장실을 이용해야만 하는 경우도 있었다. 아침에 머리를 감고 헤어드라이어를 사용하지 못하도록 두꺼비집을 내려버리거나 온수를 사용하지 못하도록 보일러를 꺼버리는 집주인도 있었다. 이런 열악한 환경에서 셋방살이하는 여직원들의 소망은 안전하고 쾌적한 회사의 기숙사 생활이었다. 입사 이후 지속적으로 여직원들한테도 기숙사를 제공해 줄 것을 회사에 간절히 요청했다. 당연히 무시되었다. 하지만 너무나 절실하고 기본적인 주거 문제였기에 여직원들을 결집하여 기숙사 제공을 강하게 요구했다. 나는 그 당시 각 사업부별로 구성되어 있던 여직원들의 모임을 하나로 통폐합했다. 그리고 여직원들의 세력을 강화하기 위해서 모두가 모였다는 의미로 전체 여직원 모임의 명칭을 '다모아회'로 칭하고 초대 회장으로 선출되었다. 여직원들의 권익 신장과 남성 직원들과 동등한 대우와 처우 개선을 요구하는 서명운동을 주도했다. 1990년 중반에 드디어 여직원 기숙사가 신축되었다. 그때 나는 이미 결혼해서 가정을 꾸리고 있었기 때문에 기숙사 생활은 하지 않았지만 오랜 숙원 사항(사업)이라 정말 감개무량했다. 지금은 '연탄가스 중독 사고'는 뉴스거리도 되지 않는 세상이 되었다. 오래전에 새 아파트로 재건축된 내 생애 첫 셋방이 있던 지역을 오갈 때마다 가슴 아린 기억이 세월의 무심함과 함께 아련한 향수로 다가온다.

– 주인집 남자의 성추행

연탄가스 중독사고 이후에도 이사 갈 엄두조차 못 내고 계속 그 집에서 셋방살이를 했다. 그 당시에는 토요일에도 근무했다. 친구 둘은 토요일 저녁에 본가로 갔다가 일요일 저녁에 돌아왔다. 주경야독으로 대학에 다니던 나는 혼자서 토요일 밤을 보내야만 했다. '토요일은 밤이 좋아' 가요도 있듯이 혼자서 방을 사용하면서 자유롭게 새벽 늦게까지 불을 켜 놓고 책도 보고 음악도 들을 수 있어서 토요일이 기다려지기도 했었다. 여느 때와 마찬가지로 못다 한 공부와 리포터를 쓴다고 자취방에 주인집 남자가 들어오는 줄도 몰랐다. 순식간에 나를 덮쳤다. 책상도 없이 밥상 위에 펼쳐져 있던 책과 뾰족한 볼펜이 나를 지켜주는 수호신이 되어 주었다. 무겁고 각진 전공 서적을 집어 던지고 볼펜으로 마구마구 찔렀다. 죽을힘을 다하여 밀쳐내고 온몸으로 저항하니 물러났다. 짐승처럼 울부짖으며 몸부림치는 내가 두렵고 무서워서 도망갔을지도 모르겠다. 야반도주하듯이 셋방을 조용히 나오는 것만이 할 수 있는 대처 방법이었다. 그리고 두 번째의 셋방에서는 룸메이트인 친구가 성추행을 당했다. 내가 늦게 귀가하는 것을 아는 집주인 남자가 혼자 자고 있는 친구를 추행한 것이다. 친구를 지켜 주지 못했다는 죄책감과 짐승 같은 집주인 남자에 대한 분노에 절망했다. 세상 물정 몰랐던 사회초년생이 셋방살이로 인해 겪지 말아야 할 사건과 사고를 수없이 겪었고 또 이겨 내었다. 가증스러운 가해자 얼굴과 반대로 너무나 다정다감했던 가해자 아내와 천진난만한 아이들의 얼굴도 오버랩 된다. 힘든 시절 함께 한 속 깊은 룸메이트 친구에게는 많이 미안했고 또 고맙기만 하다.

♦ 노년은 황금기가 될 수 있음을 안다

나이가 들면서 걱정거리가 있다면 아마도 앞으로 길어진 노후 생활을 어떻게 보낼 것인가 하는 것이다. 무엇을 먹을 것인가? 무엇을 입을 것인가? 이런 문제는 지금까지 성실하게 살아온 나로서는 그렇게 걱정 하지 않는다. 성실한 삶은 미래를 건실하게 하며 삶의 여유와 기쁨을 준비하기 때문이다. 실제로 나이 들어 보니 건강만 유지된다면 생각보다 돈이 많이 들지 않는다는 것이다. 나이 드니 고급 옷보다는 몸 편한 옷이 좋으며 고급 음식보다는 토속 음식이 몸에도 좋고 맛도 있다. 복잡한 것보다는 단순하고 간편한 것이 좋고 앞서가기보다는 조금은 뒤에 가는 편이 훨씬 마음도 가볍다. 젊을 때 다 해본 세상일(경험)이고 결과를 뻔히 알기에 조급할 것도 괴로워할 것도 자랑할 일도 많지 않다. 나이가 드는 것은 모두가 경험할 것이다. 어려움보다도 오히려 자유롭고 안정감이 있으며 여유롭고 즐거움을 체험하고 더욱 행복하기에 아주 좋은 때라고 생각된다. 단, 조건이 있다면 건강은 기본이며 경제적으로 조금의 여유가 있으면 좋다. 나이 들어보니 이렇게 편할 수가 없다. 마음의 준비를 조금만 하고 현실을 욕심 없이 있는 그대로 받아들이고 수용하면, 노후 생활은 고통이나 어려움보다도 즐거움과 행운이 가득한 아름다운 세상이 될 것이다. 노년은 인생의 황금기가 될 수 있음을 안다. 노년은 괴롭고 어려운 시기가 아니고 행복을 마음껏 누리기에 가장 적합한 절호의 기회가 될 것이다. 성실하게 살아온 나를 포함한 모든 사람에게 노후 생활은 신이 주는 특별한 선물이 될 것이다. 요즘은 인터넷에서 여러 정보를 검색하여 쉽게 얻는 것이 많다. 이렇게 얻은 지식은 편안한 상태에서 머리로 습득하지만, 지혜는 대체로 고난과 역경 속에서 실제 경험으로 습득하게 된다. 지식에 삶의 풍부한 경험과 사고력이 더해져 지혜가 되는 것이다. 따라서 지식은 고통이고 지혜는 기쁨이 된다. 지식은 나이 듦이 늙음이고 지혜는 나이 듦이 성숙이다. 그래서 아인슈타인은 전문적인 지식만 갖춘 사람은 잘 훈련된 개dog와 같은 상태가 된다고 했다. 지식만으로는 참된 인성을 갖춘 성숙한 사람이 되기는 어렵다. 그래서 나이 들수록 지혜가 더 필요한 것이다. 모든 것에 항상 감사하고 세상을 사랑하는 마음으로 산다면 지혜롭고 행복한 노년의 삶은 황금기가 될 수 있을 것이다.

– 교육만이 답이다

과거에 내가 저지른 실수를 모르고 있다가 나중에 알게 되면 참을 수 없이 부끄럽고 용서가 잘 안된다. 별 뜻 없는 말로 사람을 아무것도 아닌 존재로 만들 수도 있다. 나는 그것이 더 파괴적인 것이라고 생각한다. 과거에 몰랐던 것에 대한 죄책감은 중요한 문제가 된다. "아무것도 몰랐던 거 미안해."는 사후적인 깨달음이나, 나도 모르게 가해자에게 일조하고 있었다는 고백이며 반성이다.

〈성희롱예방교육〉

가해자가 스스로 반성(성찰)할 수 있을까? 직장 내 성폭력과 그 이후라는 구체적 정황을 생각하면서 이 질문을 해 본다. 가해자가 스스로 반성할 수 있게 하는 방법은 교육이다. 가해자에게 갑자기 신이 내리듯 깨달음의 순간이 오지도 않는다. 주변에서 가해자를 비난한다고 해서 가해자가 반성하는 것도 아니다. 당연히 가해자에 대한 엄격한 처벌이 전제되어야 하지만 지속, 반복적인 교육만이 가해자가 반성할 수 있는 길이라고 생각한다. 권력을 지닌 가해자에게 법적으로 면죄부를 주며 쉽게 용서하는 문화가 있는 한 성폭력 근절 희망은 없을 것이다. 가해자보다 피해자를 더 드러내고 문제 삼는 사회라면 얼마나 많은 피해자들이 침묵을 택하고 말 것인가, 우려하지 않을 수 없다. 따라서 직장문화부터 미래 지향적이고 공정한 문화를 만들어 나가야 할 것이다. 오랫동안 강의를 해 왔고 교육 부문에서 근무한 경험으로 교육의 힘을 믿고 강조한다. 하지만 가해자에 대한 엄격한 처벌을 요구하는 것은 최근 권력형 성폭력을 저지르고도 무죄 판결받고 스스로 부활을 다짐한 한 유력 정치인의 사례가 연상되기 때문이다.

– 새로운 퍼스널 브랜드를 찾아

자기 자신을 브랜드화하여 특정 분야에서 먼저 자신을 떠 올릴 수 있도록 하는 과정과, 특정 분야에서 차별화되는 자신만의 가치를 높여서 인정받도록 하는 과정이 '퍼스널 브랜딩'이다. '좋아하는 것은?', '잘하는 것은?', '돈이 되는 것을 했는가?', '세상이 필요한 것을 해 왔는가?' 이런 관점에서 뒤돌아보니 생각보다 표현하기가 쉽지 않다. 그중에서 특히 '세상이 필요한 것을 해 왔는가?' 이 부분이 제일 어렵다. '나를 필요로 하는 곳에서 나를 필요로 하는 사람들에게 역할을 잘해 왔는가?' 반문해 보지 않을 수 없다. 40여 년간의 회사 생활의 많은 업무 중에서 '배봉자' 하면, '직장 내 괴롭힘과 성차별 문제의 담당자(해결사)'로 연관되어 있었던 것 같다. 사건 사고들로 인해 시도 때도 없이 휴대폰은 울어 대었다. 문제의 대처 방법(정답)이 없으면 문제 자체를 없애버리면 된다는 생각으로 적극적으로 대응도 했다. 나를 필요로 하는 사람과 필요로 하는 곳은 회사 내외를 불문하고 달려가고 또 달려왔다. 문제가 무엇이고 무엇을 어떻게 도와줄 수 있는지를 먼저 생각했다. 결과적으로 피해자의 도우미가 되어 주었다는 확신이 생겼을 때 안도하고 만족해하는 내 모습을 보게 되었다. 그런 나를 보고 또 많은 사람들이 나에게 신뢰를 갖게 되고 관계가 이어진다는 것도 알게 되었다. 아프고 시린 경험과 메시지는 수많은 사람들이 목말라하는 가치이고 그 이야기는 내가 생각하는 것 보다 훨씬 더 큰 가치를 갖고 있었다. 지금까지 살아오면서 이것을 증명했고 내가 만난 많은 사람들(피해자)도 그랬다. 그래서 결국 세상이 원하는 것은 내 이야기라고 생각하고 이 글을 쓰는 것이다. 피해자와 행위자에게 필요한 정보를 줄 수 있고 좋은 영향력을 끼쳤기 때문에 또 다른 그들이 찾아주고 기억해 줄 것이다. 내가 많이 알려지게 된 것은 피해 사건 하나하나가 내 경험이어서 안타까운 마음으로 더 적극적으로 대처하고 도움을 줄 수 있었기 때문이다. 그렇게 하여 내 '퍼스널 브랜딩'에 특별한 의미를 두지 않았는데 일상에서 자연스럽게 브랜딩된 것 같다. 나를 챙기는 시간을 제대로 갖지도 못하고 그때그때 최선을 다하고 여기까지 왔다. 꼭 '퍼스널 브랜딩'이 아니어도 지금 이 순간 이 글을 쓰면서 나를 더 많이 알아간다는 게 정말 다행스럽다. 대부분의 직장인들이 자신의 분야에서 성장할 수 없는 이유는 자신의 일을 즐겁게 반복하지 못하기 때문이다. 매일매일 반복하는 일은 어느새 식상해지고 매너리즘에 빠지게 한다. 지속된 반복을 통해 자신의 것으로 얻을 수 있는 것이 과연 무엇일까? 정해진 날에 나오는 월급 외에 자신의 역량을 키울 수 있는 일을 얼마나 반복하고 있는지 자문하고, 지금 하는 일이 아니면 안 되는 일인지, 생각해 봐야 한다. '퍼스널 브랜딩'은 지금의 시대적 변화에도 맞물려 있어서 계속 '퍼스널 브랜딩'에 대한 중요성은 커질 것이다. 솔직히 몰라서 안 하는 것보다는 실행이 힘들어서 안 하거나 못하는 것이 더 많을 것이다. 자신이 누구고 어떤 일을 할 수 있고, 앞으로 어떤 일을 하고 싶어하는지도 알아야 한다. 특히 나이가 들수록 돈보다는 자신의 존재 가치를 인정받기 위해서라도 일을 해야 한다. 나이 들고 늙어서도 진짜 나로 살아갈 수 있는 힘, '퍼스널 브랜드'를 가져야 하는 절대 이유인 것이다. 내가 한 일에 대해 인정받고 상대방이 귀 기울여 주고 내가 바라는 대로 원활한 소통이 될 때 가장 행복하고 삶이 가치 있다고 생각한다.

요즘은 SNS로 손쉽게 소통이 된다고 하지만 불통에 몸부림치는 사람이 얼마나 많은지 모른다. 어떻게 해야 내 이야기에 마음과 귀를 열게 할 수 있을까 고민한다. 사람들이 듣고 싶어 하는 이야기에는 나름의 기준이 있다. 꾸준하게 한 일, 정상TOP에 선 이야기, 어려움을 극복한 일, 남의 이야기가 아닌 자신의 이야기, 그리고 동기부여가 되는 긍정의 이야기에 귀를 기울일 것이다. 평생 좋아하는 일을 하고 좋아하는 사람들과 즐기며 삶을 살고 싶다면 이제 '퍼스널 브랜드'로 승부해야 한다. '퍼스널 브랜드'는 말 그대로 개인의 브랜드다. 지금까지 회사를, 나를 좀 더 잘 나타낼 수 있는 지표로 삼아 왔던 것 같다. 회사 이름 자체로도 내 '퍼스널 브랜드'가 될 수 있다고 생각했던 것도 인정한다. 그러나 은퇴와 동시에 나와 회사의 브랜드는 이제 분리가 된다. 회사의 브랜드가 곧 나인 줄 착각하고 있었는지도 모르겠다. 입사와 동시에 회사의 후광과 회사 브랜드와 내 개인 브랜드를 40여 년간 섞어 썼기에 회사를 떼어놓고 나만을 들여다보는 것은 아직 낯설다. 과연 회사와 맡고 있는 직책을 제외하고 난 후 나의 큰 강점은 무엇일지? 앞으로 회사의 울타리를 벗어나서도 과연 무엇을 할 수 있을지에 대한 고민을 충분히 해 왔고 준비도 했다.

경영학의 대가 피터 드러커는 65세부터 3년 단위에 걸쳐 새로운 분야를 연구하고 늦은 나이처럼 들리겠지만 약 30년간을 죽을 때까지 자신을 찾다가 세상을 떠났다고 한다. 직장 생활을 하면서 주경야독으로 공부를 계속하며 성장해 왔다. 그러나 새로운 것을 배우고, 책을 많이 읽는 것만이 정답은 아닐 것이다. 본질을 파헤치기 위한 학습이 기본이 되어야 하겠지만 살아있는 생생한 경험으로 배우는 것이 더 중요할 것이다. 그리고 '퍼스널 브랜드'는 사람의 브랜드이므로 무엇보다 사람이 가장 중요하기 때문에 많이 움직이고 많은 사람들과 부딪히며 대화를 나누었다. 또 실제 강의와 상담 경험을 토대로 책을 쓰기 위한 노력도 자연스럽게 하게 되었다. 이렇게 나의 '퍼스널 브랜드' 구축을 위해 본질에 집중하며 일관성과 지속성을 갖고 노력했다. 어느새 회사와 경력, 학력의 울타리에서 벗어나 나 자신을 가장 잘 드러낼 수 있는 브랜드를 가질 수 있게 될 것이다. 이제 '퍼스널 브랜드'는 새로운 꿈이고 미래가 될 것이다.

– 은퇴 설계 과정 담당자에서 대상자로

교육 부문에서 10년을 근무하고 정년을 맞는다. 수많은 교육과정을 담당했지만 은퇴 설계 지원교육은 창사 이래 처음으로 회사와 노동조합이 함께 콘텐츠를 만들고 진행한 과정이라 특별했다. 당시 교육생이었던 선배 교육생 한 분이 병원에 가야 한다고, 외출하겠다고 했다. 핏기 없는 얼굴에 진땀을 흘리는 것으로 봐서 심각한 상황임을 한눈에 알 수 있었다. 담당자로서 외출보다는 회사 의무실로 직접 모셨다. 의무실에서는 바로 응급 차량(앰뷸런스)을 불러 대학병원 응급실로 보냈다. 나도 보호자로서 구급차에 동승했다. 응급실에서는 대응이 조금만 늦었더라면 큰일날 뻔했다고 가족을 호출했다. 가족(아내)에게 연락을 하고 도착할 때까지 보호자 역할을 대신했다. 황급하게 응급실에 도착한 아내는 이전에도 이런 상황이 몇 번이나 있었다고 했다. 평소에 혈압도 높았고 당뇨 합병증을 앓고 있어 특별관리 중이었다고 했다. 신속하게 잘 대처해 주고 보호자 역할을 해 줘서 고맙다고 몇 번씩이나 감사 인사를 했다. 응급 처치가 끝나고 일반 병실로 옮기는 것까지 확인하고 회사로 복귀했다. 당연히 그 선배님의 은퇴 설계 교육은 연기가 되었고 마지막 과정에서 다시 만났다. 조금 야위긴 했어도 건강해 보여서 다행스럽고 반가웠다.

초기 은퇴 설계 지원교육 과정 담당자였던 내가 이제 은퇴를 앞두고 있다. 이미 은퇴 설계 교육 과정도 이수했다. 교육 시간도 절반으로 줄었고 내용도 많이 바뀌었다. 특히 은퇴자인 교육생은 3분의 1로 줄었다. 격세지감이 느껴진다. 젊은이들은 은퇴의 준비가 자신과는 상관없는 머나먼 이야기라고 생각할 것이다. 직장을 계속 다니다 보면 특별히 노력하지 않아도 저절로 돈이 모일 것이라고 착각도 할 것이다. 하지만 세월은 생각보다 빨리 지나가고 철저한 계획과 노력 없이 돈은 절대 모이지 않는다. '세 살 버릇 여든까지 간다'는 말처럼 처음 직장 생활을 시작한 2~30대에 형성된 소비 습관, 투자 경험 등이 계속 이어진다는 것에 유의하여 노후를 준비해야 한다. 은퇴 설계는 젊은 시절의 즐거움을 포기하라는 것이 아니다. 젊은 날의 시간과 경제적 여유를 미래의 자신에게 조금씩 이전하는 것이다. 평균수명 연장과 출산율 저하, 조기 퇴직, 부모 봉양 등 여러 가지 사회 경제적 변화들이 점점 노후를 위협하고 있다. 이러한 환경변화에 따른 불확실성을 뛰어넘어 은퇴 이후의 삶을 누구보다 아름답게 보내기 위해서는 입사 초기부터 은퇴 준비를 시작해야 한다. 하지만 급히 먹는 밥이 체하듯이 급하다고 무작정 뛰어들 수는 없는 일이다. 현명한 은퇴 준비를 위해서는 합리적인 지출 계획과 자금 마련 계획을 세워서 실천해 나가야 한다. 요즘은 40세, 50세에 은퇴하는 경우가 많다. 은퇴까지 일을 하고 싶고 또 일이 있어야만 하는데 지금은 40대 초반에 자리에서 물러나야 하는 현실이다. 베이비붐 세대의 은퇴자들 75% 이상이 은퇴 후 미래에 대한 경제적 불안을 느낀다고 한다. 결국 나를 포함한 베이비붐 세대는 원하는 노후를 보내기가 그만큼 힘들다는 것이다. 그래도 국민연금이 있으니 얼마나 다행이라고 생각해야 할지? 매달 월급날에 세금처럼 빠져나가는 국민연금이 아깝다는 생각이 들 때도 있었다. 매달 의무적으로 내고 있음에도 내 자산이라는 생각이 안 들기도 했다. 매달 나가는 돈이라 익숙해질 만도 하지만 건강보험료, 국민연금 등 공적 연금이 괜히 아깝기도 했다. 국민연금만 제대로 나오면 적어도 노후에 자식들한테 손 벌릴 일은 없을 것이다. 1988년에 국민연금 제도가 시행되었다. 의무적으로 가입하는 연금으로 소득 9%의 금액을 나와 회사가 각각 절반씩 원천징수로 납부했다. 그 이전에 입사했기 때문에 연금 가입 기간이 길고 매년 소득도 높아졌고 물가상승률을 반영하여 죽을 때까지 연금을 받게 된다. 그러나 현실적으로는 국민연금만으로는 은퇴 후 원하는 생활을 하기가 절대적으로 불가능할 것이다. 그러므로 개인적으로(개인연금) 노후를 준비하는 은퇴 설계도 해 왔다.

'구르는 돌에는 이끼가 끼지 않는다'는 말이 있듯이 사람도 육체적이든 정신적이든 무언가를 해야 못 쓰는 고물이 되지 않는다. 젊었을 때는 일을 하기 싫을 수도 있다. 하지만 늙고 나이 들어서 일을 해야 하는 상황은 오히려 더 큰 슬픔이 될 수도 있을 것이다. 나이 들었다고 일을 못 하게 되었을 때 어쩐지 내가 녹슨 고물처럼 느껴지기도 했다. 더 이상 사회에 필요 없는 잉여 인간이 된 것 같아 슬프고, 하루하루 사는 것이 즐겁지 않고 삶을 마무리하는 노후가 절망적일 수도 있다. 그래서 나이가 들수록 일을 해야 하고 일이 필요할 것이다. 오래 다니던 직장을 그만두고 다시 새로운 일을 하고 싶어도 나이 때문에 일자리를 구하기 힘들어 무료한 은퇴 생활을 보낼 수도 있다. 하늘은 스스로 돕는 자를 돕는다고 했다. 일자리가 없는 것을 나이 때문이라고 포기하지 말고 나이에 맞는 일을 찾아야 한다. 이미 지나버린 자신의 화려했던 전성기만 생각하지 말고 과거의 지위도 잊어야 한다. 눈높이를 낮춰서 일을 계속하겠다는 생각으로 단순직이라도 마다하지 않는 도전 의식으로 일자리를 얻기 위해 노력해야 한다. 재취업에서는 건강과 이미지 관리도 중요한 요소로 작용한다. 지나치게 젊게 보이려고 할 필요는 없지만, 편안한 느낌을 줄 수 있도록 노력해야 한다. 대접을 받으려고 하기보다는 주어진 일은 어떤 일이라도 하겠다는 겸손하고 적극적인 인상을 주는 것이 성공적인 재취업에 필요 조건이다. 은퇴 후에도 일하는 사람이 건강하게 오래 산다고 한다. 그러나 건강관리를 잘못하여 은퇴 후 생활을 오랫동안 침대에 누워 지내다 죽음을 맞이한다면 불행한 일이다. 사람이 얼마나 건강하게 사느냐는 70% 이상 본인에게 달렸다고 한다. 보건학자들의 연구에 따르면, 수명의 30%만이 유전과 관련 있고 50%는 개개인의 생활방식, 나머지 20%는 개인의 경제적, 사회적 능력이 좌우한다고 한다. 따라서 건강한 노후를 보내려면 무엇보다 건강한 생활 습관을 가져야 한다. 기계도 오래되면 녹이 슬고 마모되어 예전만 한 성능을 발휘하지 못한다. 그러다가 점점 망가지는 곳이 늘어나면서 결국 더 이상 고칠 수 없는 고장 난 기계가 되고 마는 것이다. 사람의 몸도 마찬가지다. 기계에 녹이 슬 듯이 나이가 들수록 혈관에 혈전이 생기고 장기의 기능이 점점 약해지는 등 건강에 적신호가 켜지는 노화현상을 당연한 것으로 여겨서는 안 된다. 노화 자체는 자신의 힘으로 막을 수는 없지만 노력을 통해 노화의 속도를 늦추는 것은 가능할 것이다. 그리고 은퇴한다고 인생이 끝나는 것도 아닐 것이다. 은퇴 후에도 장장 3~40년간을 살아야 한다. 행운은 준비된 사람이 잡을 수 있다는 말처럼 은퇴 후 인생 역시 준비된 사람만이 여유롭게 보낼 수 있을 것이다. 어디서 살지, 무엇을 배울지, 등을 구체적으로 준비하여 멋진 두 번째의 인생도 잘 살아나갈 것이다.

♦ 롤 모델 '선복남' 여사

누가 나에게 롤 모델이 누구냐고 물으면 항상 롤 모델이 없다고 대답했다. 그래서 공개적(공식적)으로 롤 모델을 밝힌 적도 없다. 살면서 친정엄마가 싫었던 적이 너무 많다. 가족의 안녕을 위해서라면 무조건 참기만 하셨다. 그게 화가 나고 견딜 수 없어서 엄마의 가슴을 후벼 파기도 했다. 싫으면 싫다고 해야지, 왜 참기만 하는지 반발심으로 반항도 많이 했다. 그래서 엄마와는 반대로 행동하려고 노력하면서 살아 온 것 같다. 살다 보면 가슴이 멍해지는 아픈 경험이 어디 한두 개뿐이었을까? 모른 척하고 넘어가야 할 게 있다는 것을 엄마는 감정이 아닌 행동으로 보여주셨다. 지금 생각하면 그 당시 엄마는 얼마나 깊은 울화병이 생겼을까? 당신이 아무리 난리를 치고 분노해도 그 일이 생기지 않는 것이 아니라는 것을 아셨던 것이다. 참을 만큼 참을 수 있다는 인내심을 보여 주셨다. 그런 엄마를 싫어하고 부정하면서 유년 시절을 보냈다. 그래서 나는 참을 수 있는 것만 선별하여 참았고 참을 수 없는 것은 절대로 참지 않았다. 세상이 무너져도 솟아날 구멍이 있다고 하는 말처럼 말이다. 그런 면에서 첫 번째 롤 모델은 내 엄마 선복남 여사이시다. 그리고 존경하는 사람(롤 모델)은 수시로 바뀌었다. 아니 제대로 된 롤 모델은 아직도 없다고 할 수 있다. 나 자신이 롤 모델이 되고자 했던 적도 있다. 그리고 나만의 길을 걸어 왔다고 자부한다. 그렇기에 계속된 어려움에 직면해도 다시 일어나 묵묵히 걸어올 수가 있었다. 어렸을 때 '존경하는 사람이 누구냐?'는 질문을 받으면, '해암海岩 박순천朴順天 여사'라고 대답한 적이 있다. 지나친 거리감 때문에 롤 모델(존경하는 사람)이라는 단어가 오랜만에 다시 내 머릿속에 들어온 것은 역시나 이 글을 정리하면서다. 존경하고 따르고 싶었던 분이 나보다 훨씬 앞선 시대를 사셨던 분으로, 문화와 여러 환경들이 달랐으니 막막한 느낌이 더욱 컸다.

롤 모델을 찾아보려는 여러 번의 시도에서 결국 살면서 절대로 닮고 싶지 않았던 내 엄마라는 결론으로 끝이 났다. 나에게 올바른 삶의 방향을 제시해 주기에는 '엄마의 존재' 그것만으로도 충분했다. 박정희 대통령 부인 고 육영수 여사의 영결식(국민장)에서 조사를 읽는 박순천 여사(그 당시 야당 당수)가 너무 멋져 보여서 온몸의 전율을 느꼈다. 커서 박순천 여사 같은 사람이 돼야겠다고 생각했던 기억도 선명하게 남아있다. 그것이 계기가 되어 비록 입학은 포기했지만 정치외교학과를 지망하여 합격은 했었다. 그분의 올곧은 인생관과 일본 유학 생활 중의 활동에 크게 감명받았다. 그분과 천생연분인 남편 역시 민족지도자로서 동경 유학 시절 3.1운동의 전초전 역할을 하셨다. 두 분의 국가관과 인생관을 보면서 내 인생의 첫 번째 멘토로 삼은 이가 해암海岩 박순천朴順天 여사였다. 그분의 지도자관 역시 민주주의 정치인다운 조건을 충분히 갖춘 것으로 보였다. 사람은 누구나 한 가지 장점을 갖고 있다. 그 좋은 점들을 한데 모아서 쓸 수 있게 만드는 것이 지도자가 할 일이다. 정치하는 사람은 첫째는 애국심이 남달라야 하고, 둘째는 깨끗해야 한다고 강조했다. 그분은 가정보다 나라를 생각하는 데에 시간과 정력을 쏟았고, 1964년 민주당 최고위원이 되었다. 여성이 제1야당의 당수가 되기는 건국 이래 처음이었다. 당시 박정희 대통령도 같은 '박가'라 해서 누님으로 부르고, 육영수 기념사업회 책임을 맡기도 했지만, 그것을 돈이나 권세로 연결하지는 않았다고 한다. 항상 정곡을 찌르는 말과 행동으로 반독재 투쟁에 앞장섰지만, 결코 남성화되지 않은 단정하고 흐트러짐 없는 고결한 품성을 끝내 지켜낸 정치 지도자이셨다.

박순천 여사는 3.1운동에 참여해 1년 6개월의 옥고를 치른 독립투사이자 광복 후 5선 의원에 한국 최초의 제1야당 당수를 지낸 정치인이시다. '박할머니'라는 애칭에 걸맞게 거친 정치 풍토에서도 '여성으로서의 품격'을 지켜온 특이한 카리스마가 그분이 지닌 인간적 매력이다. "암탉이 울면 집안이 망한다"는 남성 의원들의 공격에 "나랏일이 급한데 암탉 수탉 가리지 말고 써야지 언제 저런 병아리를 길러 쓰겠냐"고 통쾌하게 대응하셨다. 반독재 민주화의 투쟁 정신과 도덕성, 특히 공평무사한 공정성이 주는 카리스마와 적극적인 당내 활동으로 민주당 최고위원이 될 수 있었다. 박순천 여사가 3.1 만세 거사에 참여했던 당시의 심정을 말하는 장면을 본적이 있었다. "그때 나는 잔다르크를 본뜨려는 마음으로 가득 차 있었기 때문에 일본 헌병들이 칼을 휘두르는 것을 보고는 저 칼에 내 목이 떨어지면 얼마나 행복할까 하고 생각했었다."라고 회고하는 장면은 정말 큰 감동이었다.

누구나 인정할 수 있으면서도 나만이 꺼내 들고 싶은, 독특함이 있는 롤 모델을 멋지게 소개하고 싶지만 아직까지 그런 롤 모델이 없다. 멋진 사람을 보면서 자극을 받기보다는 부족한 사람을 보면서 '저렇게 살지는 말아야지'라고 타산지석으로 삼은 경우는 많았다. 살면서 성장이나 성공, 역량 등과 같은 추상적인 단어들보다는 롤 모델과 같은 구체적인 모습을 목표로 구체화하는 것은 필요하다. 나 또한 그런 과정을 통해 많은 영감을 받는다.

멀리 있는 막연한 사람보다는 주변에 있는 사람으로부터 무엇을 배울지 생각해 보는 것이 좋을 것이다. 롤 모델을 삼는 것은 인생 2회차를 간접 체험하는 것이며 삶의 나침반을 갖추는 일이다. 살다 보니 인생의 방향은 언제든지 바뀐다. 하지만 그 방향이 90도나 180도로 휙휙 바뀌지는 않았다. 원래 가던 방향에서 조금씩 조절했던 것 같다. 그래서 최초의 방향이 중요하다. 처음 방향을 잘 못 잡으면 나중에 되돌아가기가 그만큼 힘들다. 직장에서 롤 모델로 삼을 선배를 만나면 정말 좋겠지만 사실 그런 선배는 늘 아쉬웠다. 주변에서 칭찬하는 동료나 상사를 거의 본 적이 없다. 싫어하는 상사도 결국은 직장 동료이고 나와 비슷한 상황 속에서 살고 있다. 그들을 보며 내 행동과 태도를 바로 잡으면 즉각적이고 구체적인 교훈을 얻기가 훨씬 쉬워진다. 워런 버핏의 평생 동료인 찰리 멍거는 성공비결을 묻는 질문에 "바보 같은 짓만 피해왔을 뿐인데, 어느새 성공해 있었다."라고 말하기도 했다. 때로는 덧셈이 아니라 뺄셈이 인생을 더욱더 풍요롭게 만들어 주기도 한다. 살면서 훌륭한 롤 모델을 만나는 것은 커다란 축복이다. 그런데 자신에게 적용 가능한 롤 모델을 찾기는 생각보다 쉽지 않다. 그런 사람이 없어도 본보기로 삼을 사람을 구할 수는 있다. 최악의 상사를 욕하고 분노하지 말고 나를 성장시키는 거울로 삼아야 한다. 저렇게 욕먹는 사람도 상사의 자리에 올랐다. 그렇게 살지만 않는다면 그 상사보다 더 높은 위치에 오를 수 있을 것이다. 그래서 힘들게 괴롭혔던 동료와 상사한테도 감사의 마음을 전한다. 그리고 영원한 롤 모델 내 엄마께 무한한 사랑의 마음을 전한다.

제5부

직장 생활 3

–여성 존중, 성 평등

♦ 현대 정신과 월드컵 정신으로 트라우마 이겨내다

2002년 월드컵 분위기와 정몽준 대주주의 뜻에 의해 회사 내에서도 축구 열기는 대단했다. 부서별, 사업본부별 대항전이 거의 1년 내내 이루어졌다. 처음 몇 년간은 남자 직원을 대상으로 경기를 하다가 2002년 월드컵이 임박한 4년간은 여직원으로까지 확대되어 사내 축구경기가 대성황을 이루었다. 축구선수로 선발되지 않은 직원들은 경기장의 흥을 돋우고 소속감 고취와 선수들의 사기충전을 위한 응원전에 동참하였다. 여직원들로 구성된 치어리더의 역할은 축구장 열기를 한층 더 상승시켰다. 나도 선수로 선발되어 공격과 수비, 골키퍼까지 천연 잔디 구장을 4년간 종횡무진했다.

나에게는 월드컵의 뜨거웠던 열기와는 정반대로 그 누구에게도 말 못한 깊은 고충과 슬픈 트라우마도 있다. 유년기의 강제 성추행 결과의 후유증으로 인하여 기침을 하거나 빨리 걷거나 뜀박질을 하면 의지와는 상관없이 소변이 흘러내렸다. 그래서 평소에도 생리대를 늘 하고 다녀야 했고 수시로 속옷을 갈아입어야 하는 불편한 상황이 계속되었던 시기였다. 스트레스가 심하거나 체력이 약해지면 방광염에 쉽게 걸리는 말 못할 고충도 있었다. 이러한 모든 사실을 숨기고 초대 여직원회 회장으로, 선배 여직원으로서 선수 역할에 충실할 수밖에 없었다.

축구의 본 경기가 시작되기 전에 몸을 풀기 위해 각자의 포지션에 대한 연습을 30분 이상 했다. 그래서 축구장을 서너 바퀴는 뛰어서 돌아야만 했다. 누구에게도 말하지 못하고 생리를 하지 않는 날에도 남몰래 두텁고 커다란 생리대를 착용하고 경기에 임했다. 경기 중간의 휴식 시간을 이용하여 생리대를 바꿔가며 경기에 임해야 했다. 친정엄마만 이 사실을 아셨고 그런 딸을 위해 몸에 좋다는 보약과 보양식까지 손수 챙겨 주셨다. 나는 나대로 체력 보강을 위한 영양제를 챙겨 먹어 가면서 10살에서 많게는 20살 이상이나 어린 후배들과 함께 운동장을 뛰어야만 했다. 다행인지 불행인지 내가 소속된 팀이 4년 내내 우승과 준우승을 연달아 하는 통에 운동장에서 뛰어야 하는 시간도 길어질 수밖에 없었다. 결국 마지막 경기에서는 팀 코치에게 은밀히 부탁하여 골키퍼 역할을 했던 숨겨진 사실도 있다. 우리 팀의 결승전이 있는 날에는 아들딸이 응원석에서 "엄마, 파이팅!"을 소리 높여 외쳐 주기도 했다. 연못의 물고기가 먹이를 쫓아 이리저리 몰려 다니듯 전 선수가 포지션도 잊은 채 공만 따라서 몰려다니고 좌충우돌했지만, 그 열정만큼은 월드컵 선수 이상이었다. 사내 여직원 축구대회는 너무나 값진 추억이지만 잊고 싶었던 유년 시절의 악몽을 소환하기도 했다. 그즈음 주말이면 집 근처 학교 운동장에서 두 아이와 함께 축구 연습도 자주 했다. 특히 아들이 축구를 좋아해서 운동장에서 땀 흘리고 뛰고 뒹구는 그 시간을 즐기고 행복해했다. 아들이 공격을 하면 내가 수비와 골키퍼를 하고 반대로 내가 공격하기도 했다. 그 당시 딸은 초등학교 축구부의 또래 선수를 좋아해서 자신의 용돈에 부족분은 내가 보태 축구공을 선물하기도 했다. 내 딸의 예쁜 첫사랑은 꼬마 축구선수였다. 월드컵으로 시작된 사내 여자축구 경기가 우리 가족에게도 아름답고 소중한 추억이 되어 주었다. 그리고 인생에서 가장 아팠던 악몽의 트라우마를 이겨낼 수 있는 중요한 계기가 되었음에 감사한다. 20대 중반, 야간대학을 다니던 때에도 체력이 떨어지면 어김없이 찾아오는 방광염 때문에 회사 앞에 있는 비뇨기과를 방문하는 고생을 수없이 반복했다. 비뇨기과 전문의는 불결한 성관계로 인해서 방광염에 걸린다고 무례한 진단을 했다. 지금이라도 무책임하게 툭 내뱉어 버린 비뇨기과 의사의 언어 성폭력을 고발하고 싶다. 위 아래로 훑어보면서 음흉하게 쳐다봤던 모욕적인 그 순간이 소름 돋을 정도로 아픈 기억으로 남아있다. 결사적인 투혼으로 경기에 임했던 월드컵 선수들의 정신과 세계를 놀라게 한 붉은 악마 응원단의 열성적인 응원전이 이룬 결과물이 나에게 투쟁 정신을 일깨웠다. 순간순간이 투쟁의 연속이었던 조직 생활의 고난은 열전으로 이어져 온 월드컵 정신과 현대 정신으로 버틸 수 있었다. 그리고 이겨 내었다.

♦ 피해자로만 남지 않았다

고등학교 교복을 입은 채로 입사해 42년을 근무하고 금년 말이면 정년이다. 입사 동기는 단 한 명도 남아있지 않다. 지금까지 근무하면서 회사로부터 많은 혜택도 받았다. 주경야독 중에 남편을 만나 결혼을 하고 축복 같은 두 아이를 낳고, 이제는 성인이 되어 대학을 끝마쳤다. 주경야독, 수불석권手不釋卷 자세로 참 열심히 살았다. 그동안 여러 가지 어려움이 많았지만 가장 힘든 것은 누구에게도 말하지 못한 20대 초의 성추행 경험이다. 많은 악조건 속에서의 야간대학은 2번의 휴학 끝에 6년 만에 겨우 졸업했다. 물론 알게 모르게 도와주고 격려해 준 동료들이 훨씬 더 많았음에 오늘이 있을 수 있어 감사드린다. 대학은 버스를 2번이나 갈아타고 2시간 이상이 소요되는 먼 거리였다. 그래서 대학을 경유하거나 근처까지 지나가는 차량이 있을 경우 동승을 하기도 했었다. 일부러 시간을 내어 조금 돌아서 가더라도 학교까지 태워 준 동료도 많았다. 그 당시 협력업체 관련 업무를 하는 친구의 배려로 업체 대표들과 동승하는 경우가 있었다. 대부분의 대표님들은 당시 내 나이에서 20~30살 이상의 연배로 인격도 훌륭하신 분들이라 그 어떤 의심도 품지 않았다. 추행 사건이 있던 그날은 초겨울로 기말고사 기간이었다. 협력

업체 사장의 승용차 조수석에서 앉아서 시험공부를 했다. 대학교까지는 승용차로 1시간 정도 걸리기 때문에 시험공부에 몰입할 수 있어 좋았다. 마음 놓고 책을 보다가 문득 창밖을 보았다. 밖은 이미 컴컴해서 어디인지 알 수 없었다. 학교 가는 버스 노선과 창밖의 풍경이 전혀 달랐다. 승용차는 낯선 곳을 달리고 있었다. 어디로 가느냐고? 학교 가는 길이 아니라고? 물어보니 지름길이라 곧 도착하니 걱정하지 말고 시험공부나 하라고 안심시켰다. 지름길로 왔다면 벌써 도착했어야 할 시간이었다. 불길한 예감은 적중했다. 주위를 살피면서 자료(책)를 정리하여 가방 속에 넣는 순간 승용차는 이미 모텔 입구를 통과하고 있었다. 순식간에 승용차는 모텔의 지하 주차장에 도착했다. 그 순간 '정신일도 하사불성'이라고, 호랑이한테 잡혀가도 정신만 차리면 된다는 결연한 마음으로 상황을 파악하고 대처해야 했다. 더 이상 물러설 수 없는 최후의 보루, 마지노선에서 어떻게 해야 좋을지를 생각했다. 승용차 안에서 절대로 내리지 않으면 될 것 같았다. 한 손으로 운전대를 잡고 있는 행위자를 양손으로 강하게 밀쳐내면서 죽을힘을 다해 저항했다. 겨울이라 방한복으로 입은 두꺼운 외투의 지퍼가 방어선이 되어 주었다. 다행히도 승용차 안에서 더 이상의 추행으로 이어지진 못했다. 정말이지 죽을힘을 다해 발버둥 쳤다. 못 내린다고, 안 내리겠다고 한참이나 좁은 승용차 안에서 사투를 벌였다. 계속하여 발악하니 잠겼던 승용차 문을 열고는 밀쳐 내었다. 순간 용수철처럼 튕겨 나가듯이 뛰어내렸다. 가해자는 모텔 주차장을 벗어나기 직전에 창문을 열고 수표 한 장을 던지고 욕설을 하면서 주차장을 유유히 빠져나갔다. 도망치듯 모텔주차장을 나오자 눈물이 쏟아지고 행위자가 던지고 간 수표가 생각났다. 되돌려 줘야겠다는 생각에 다시 지하 주차장으로 되돌아가서 수표를 주워 집으로 돌아왔다. 당연히 그날은 학교를 못 가서 시험도 볼 수가 없었다. 그날의 사건 모두를 말하고 친구를 통해 수표는 돌려주었다. 친구와 나는 그날 밤을 꼬박 새웠다.

행위자와 폐쇄된 공간에 단둘만 있는 상황에서 피해를 당하면 사실을 밝히기가 쉽지 않다. 피해 사실이 알려지면 후폭풍과 2차 피해에 대한 두려움으로 속으로 삭이고 말아버리는 피해자들이 대부분이다. 하지만 최근에는 미투 운동과 같이 용기 내 피해 사실을 밝히고 자신과 같은 일을 또다시 겪는 이가 없도록 하는 행동에 응원하는 분위기가 되고 있어 다행이다. 예전의 나처럼 혼자서 모든 것을 감당해 내지 않아도 되는 것이다.

길을 걸어가다 강도를 만날 것을 예상 못하고 대비하지 않는 것처럼, 직장에서 성희롱 피해자가 될 수도 있다는 것을 예상하고 대비하는 사람은 없을 것이다. 대부분의 피해자들은 어떻게 대응해야 할지 몰랐다고 했다. 나 또한 어떻게 반응하고 대응해야 할지도 몰랐을 뿐 아니라 주변에 쉽게 도움을 요청할 수도 없었다. 더구나 성폭력 피해는 누군가에게 쉽게 이야기할 수 없는 일이어서 쉬쉬하게 되고 그런 이유로 더욱더 밖으로 드러내지 못한다. 그래서 성폭력 사건은 도처에서 발생하나 '없는 일'이 되고 만다. 설사 가까운 사람에게 고충을 털어놓는다고 해도 감정적으로 위로 받고 공감을 얻을 수 있을 뿐, 실질적인 대응에는 도움이 되지 않는다. 대부분은 어떻게 해야 하는지 아는 것이 없고 전문 지식과 경험도 전무하기 때문이다. 나 역시 도움을 요청할 곳도, 도움을 받을 만한 정보조차 없었다. 분노의 감정만이 괴롭히고 힘들게 할 뿐이었다. 이제는 다르다. 생각도 바뀌었다. 내가 물러서면 가해자들이 똑같은 일을 반복할 것이라는 생각에 고통스럽지만 그만둘 수 없었다. 나와 같은 피해자들에게 혼자가 아니라는 것, 그들의 이야기를 편견 없이 들어 주고 의지하며 함께 해 줄 수 있다는 믿음을 주고 싶었다. 피해자로만 남지 않고 또 다른 피해자들이 나와 똑같은 고통을 겪지 않길 바라는 마음으로 어렵고 더디지만, 더 나은 내일을 만들 것이라는 믿음으로 여기까지 왔다. 피해자를 절망케 하는 행위자는 왜 멈추라는 신호에도 멈추지 않을까. 가진 것도, 잃을 것도 많은 가해자들은 다른 권력자들이 성폭력 행위 사실이 밝혀져 추락하는 모습을 보면 경각심을 가질만한데도 계속해서 성폭력은 이어지고 있다. 권력이 주는 도취감 때문인지, 알아서 기는 것과 상명하복의 조직 특성 때문인지 성범죄는 반복되고 있다. 행위자 처벌과 피해자 인권 보장에 있어서 권력자의 뼈 아픈 자기반성과 평등한 사회문화를 위한 역할에 충실해야 할 것이다. 서울시장, 부산시장, 그리고 충남지사 사건 등에서 드러난 피해자들은 열심히 일했던 것이 오히려 '피해자 답지 않다'는 화살로 되돌아왔다. 정신적으로 힘들어하면 증언에 신빙성이 없다고 했다. 당당하고 조리 있게 말하면 피해자가 저렇게 멀쩡할 수가 없다고, 조작해낸 피해일 거라고 의심했다. 이런 적대적 환경 속에서 거대 권력에 맞서 자신을 지키고 증언할 수 있는, 용기 있는 피해자들 편에서 함께 할 것이다.

♦ 워킹맘 내 엄마

나에게는 한 명의 언니와 일곱 명의 동생이 있다. 그러니까 8녀 1남, 9남매 중 둘째인 것이다. 저출산 문제로 골머리를 앓고 있는 요즘 현실에 격세지감을 느낀다. 아무튼 그 시대는 '남아선호' 사상이 당연시되던 때였다. 아들을 낳지 못한 수많은 며느리들은 대를 잇지 못한다고 죄인 취급을 받았다. 안타깝게도 내 위로 둘, 아래로 하나, 모두 세 명의 아들을 먼저 저세상으로 보낸 어머니의 삶은 오죽 힘들었을까? 상상조차 하기 힘든 20여 년간의 임신과 출산. 그런 엄마에게 철없는 딸은 왜 그렇게 사냐고 소리치며 못된 말도 많이 했었다. 그렇지만 지금에 와서 생각해보면 그 당시 엄마에게는 선택지가 없었으리라. 아들이 있어야 며느리로서의 의무를 다하는 것이고, 그래야 남은 자식들을 지켜낼 수 있다는 눈물겨운 모정의 발로가 아니었을까? 그런 환경 탓에 나는 남자아이처럼 키워졌다. 귀 아래로 머리를 기르거나 치마를 입어본 적이 없었던 것 같다. 순종적이고 내성적인 언니와 달리 나는 지는 것을 싫어하고 할 말은 꼭 해야 직성이 풀렸다. 아버지에게 늘 복종하는 엄마도 싫었고 뭐든 마음대로 하는 아버지가 더 미워서 반항도 했다. 엄마처럼 살지 않겠다는 다짐 속에 자연스럽게 '모난 돌'로 성장했던 것 같다. 여자라서 참고 싫진 않았다. 여자라서 부당함에 침묵하고 싶지 않았다. 그 때문에 살면서 힘든 일도 숱하게 많았지만 그 모난 성격 덕에 '그래 한번 해보자'하는 오기가 회사에서 40년을 버티게 했다.

어머니는 고향을 떠나 살지 않으면 하나 남은 아들까지 잃을 수 있다는 역술가의 조언과 당신 딸들은 산골에서 촌무지렁이로 살게 할 수는 없다고 다짐하신 듯하다. 그래서 아버지와 할머니를 설득했지만 결국 전 가족의 이주는 못 한 채 하나 남은 아들만을 데리고 외가가 있는 부산에서 도둑질만 빼고는 자식을 위해 못 할 일이 없었다고 하시면서 갖은 고생을 다 하셨다. 끈질긴 어머니의 설득과 열성에 결국 4년 후에는 온 가족이 부산에 모여 함께 살 수 있었다. 9남매와 할머니를 모시고 사는 대가족의 타향살이는 결코 쉽지 않은 고행이었다. 어머니 당신을 위해서는 단돈 1원도 쓰지 않으셨다. 집에서 일터까지 왕복하는 버스 정류장이 몇 개인지도 모르실 정도로 걷고 또 걸어서 매일 출퇴근을 하시고 그 흔한 택시는 단 한 번도 타신 적이 없었다. 온종일 일을 하고 집에 돌아오면 대식구의 식사 준비와 빨랫감이 산더미였기에 밤잠을 줄일 수밖에는 달리 방법이 없었다. 그렇게 밤낮을 가리지 않고 일에 치여서 사셨던 어머니는 우리 자매들에게 부엌일이나 잔심부름을 시키지 않고 시간만 생기면 공부해라, 책을 읽으라고 채근하셨다. 자식들이 당신보다 나은 삶을 살기 위해서는 오직 배우고 공부해야 한다고, 배우지 못한 당신의 한을 우리 남매들에게는 대물림하지 않으려 하셨다.

우리 자매들은 그런 어머니의 마음과 고된 희생을 알기에 유년기부터 서로를 챙기고 어머니의 일손을 거들면서 일찍이 철이 들었던 듯하다. 그리고 9남매 모두가 어머니의 간절한 소망대로 배움의 끈을 놓지 않고 만학도 또는 주경야독으로 조금은 늦고 더디었지만 쉼 없이 배움을 계속하여 각자의 위치에서 역할을 충실히 하고 있다. 자식은 부모의 거울이라고 했다. 억척스러운 어머니가 싫기도 하고 지지리 궁상스러운 어머니가 가끔은 부끄러울 때도 있었다. 절대로 어머니처럼은 살지 않겠노라고 우리 자매들은 한결같이 다짐했었다.

당신이 가신지 두해가 지나고 보니 미워하면서 닮는다고, 나 역시 어머니와 꼭 같은 닮은 꼴의 모습으로 살아가고 있다. 아등바등, 오직 가족을 위해서 죽도록 일만 하시고 한순간도 당당하게, 멋지게, 폼 나게, 당신 인생은 살아 보지도 못하고 죽음을 맞이한 당신의 시간과 세월이 너무 야속하기만 했다. 그런 어머니께 희생을 당연히 여기고 어머니는 왜 그렇게밖에 못 사시느냐고 원망하고 가슴 아픈 말을 많이도 해댔다. 혀 밑에 도끼가 있다고 했는데 어머니 가슴에 수많은 도끼질과 모난 돌로 가슴을 치는 상처에 어머니는 얼마나 많은 피멍이 들었고 외로웠을까? 세월이 지나 그 자리에 바로 내가 서게 되었다. 가끔 딸아이로부터 지난날 내가 어머니께 드렸던 상처의 말로 되돌려 받곤 한다. 내가 어머니께 "화를 내어 죄송했다"고 반성의 뜻을 표현하면 그때마다 '엄마라서 괜찮아, 엄마한테 이러지 않고 누구한테 화내고 짜증 내겠냐'고 하시면서 오히려 위로해 주셨다. 이 모든 상황의 원인 제공자가 당신인 것처럼 여기고 못난 딸을 위로하고 용기를 주셨다. 그리고 단 한 번도 자식들을 큰 소리로 혼내거나 원망을 하신 적도 없었다. 오히려 당신이 자식을 많이 낳아서 남들처럼 제대로 입히고 가르치지 못해서 더 미안하다고 입버릇처럼 말씀하셨다. 그리고 당신의 손주들은 당신의 양육방식처럼 하지 말고 제대로 키우고, 가능하면 원하는 것도 다 해주라고 하셨다. 당신 자식들한테 못해 준 것에 대한 것을 보상이라도 해주고 싶은 듯 느껴진다. 그리고 늘 자식들 앞에서는 어려워하고 눈치를 보시는 듯했다. 그런 어머니의 희생정신에도 가끔 분노를 느끼기도 했다. 그랬던 나 또한 엄마가 되었다는 기쁨과 감격의 순간은 너무 짧게 지나가고 내 아이를 위해 한 번도 경험하지 못했던 어마어마한 희생이라는 두껍고 질긴 갑옷을 입고야 말았다. 엄마라는 단어가 이름처럼, 때로는 수식어처럼 따라붙으면서 나 스스로 희생자가 되어 버린 듯했다. '워킹맘'이라는 죄인 아닌 죄책감을 피하기 위해서, 멋진 부모가 되고 싶어서 너무나 당연한 듯 희생을 선택했던 것 같다. 잘 자란 자식들은 부모와 자식의 안정된 삶을 보장해 주고 신분까지 상승시킬 수 있는 수단, 일종의 보험 같은 존재였을 것이다. 그래서 어머니는 당신의 모든 인생을 희생해서라도 자식들을 잘 키우면 당신의 인생이 보장될 것이라는 기대와 보상심리가 누구보다 강했을 것이다. 나 역시 어머니로부터 양육 받았던 희생정신이 대물림의 연결고리로 이어져 온 것 같다. 내 아이에게 과잉보호 양육을 하기도 하며 나의 자아실현을 보상받으려고 극성스러울 만큼 자녀 교육을 하기도 했다. 내 아이를 통해서 내가 못다 이룬 한풀이를 하려고도 했고 내 기대에 맞는 진로를 선택하라고 강요도 했다.

내 아이들도 예전의 나와 같이 희생적인 엄마를 원하지 않았고 부담스러워도 한다. 모나고 울퉁불퉁했던 험난한 인생길, 세월에 깎이고 닳아서 순한 흔적으로 남았다.

♦ 62년생 김지영이었다

2016년 출판된 조남주 작가의 '82년생 김지영'이라는 소설이 있다. 제목에서 알 수 있듯이 이 소설은 1982년에 대한민국에서 태어나 살아가는 김지영이라는 여성의 삶을 이야기한다. 특히 한 아이의 엄마로서 힘겹게 살아내고 있는 김지영의 모습을 중점적으로 다루고 있다, 어쩌면 이 소설을 관통하는 키워드는 '워킹맘'이 아닐까 하는 생각이 든다. 그렇다면 '62년생 배봉자'는 어땠을까? 워킹맘이라는 단어조차 없던 시절이었다. 나는 3개월간의 출산 휴가를 마치고 회사에 복귀한 최초의 여직원이었다. 여직원이 결혼하고 출산을 하면 퇴사하는 것이 너무나 당연했던 때라, 나는 누구에게도 환영받지 못했었다. 누군가는 독하다고 했고 누군가는 별나다고 했다. 내 편 하나 없이 외롭고 힘들었지만 우는 아이를 떼어 놓고 출근하는 것보다는 덜 고통스러웠던 것 같다. 첫째 아이가 기어 다니기 시작할 무렵이었다. 남편의 바지를 다리기 위해 켜놓은 다리미가 넘어지면서 아이는 손등에 큰 화상을 입고 말았다. 겨우 두 살이었는데, 큰 수술을 하고 상처를 긁어내는 치료를 할 때마다 고통스럽게 울던 아이를 보며 가슴은 찢어졌다. 이제는 30대의 건장한 청년이 되었고 상처도 많이 희미해 졌지만 그 때의 죄책감은 평생 남을 것이다. 일하는 엄마만 아이들에게 죄책감을 갖는다고 생각하기 쉬운데, 워킹맘 아이들이 놓인 환경의 특성상, 아이들 역시 엄마에게 죄책감을 갖는다고 한다. 워킹맘인 내가 감당해야 할 삶의 무게도 있겠지만 성인이고 내가 선택한 길이니, 책임도 어느 정도는 감당해야 한다. 하지만 아이들이 선택하지도 않은 삶을 강제로 살아야 하고 또래 아이들에 비해 과중하게 무거운 책임과 의무가 지워졌던 것이다. 어리고 약한 아이들에게 '엄마의 입장을 이해하고 받아들이며, 적극적으로 도와야 된다'는 조언은 자아개념이 아직 확립되지 않은 그때의 아이들에게는 너무 무책임한 일이다. 워킹맘이 되고 나서 시간을 벌어야겠다는 생각을 많이 했다. 워킹맘의 시간은 공평하지 않고 늘 부족했다. 돈으로 시간을 살 수도 있다. 돈을 주고 가사도우미의 도움을 받을 수도 있고, 돈을 주고 반찬을 사면서 요리 시간을 절약할 수도 있다. 만약 시간을 그냥 흘려보낸다면 돈을 낭비하는 것이다. 시간을 어떻게 활용해야 하는지, 시간을 어떻게 벌어야 하는지 늘 깨어 있어야 한다. 지금 알고 있는 걸 20대에 알았더라면, 더 좋았을 것이다. 하지만, 지금이라도 알아서 정말 다행스럽다. 지금 나는 어제보다 더 나은 사람이 되려고 노력한다. 왜냐하면 엄마이니까. 아이들은 백지상태에서 스펀지처럼 부모를 통하여 세상을 보고 받아들인다. 아이가 세상을 바라보는 최초의 눈은 엄마의 눈이다. 커가는 아이들을 보면서 더 나은 사람이 되어야겠다고 다짐했다. 물론 자라면서 친구의 영향을 받기도 하지만, 부모의 영향을 가장 많이 받는다. 더 나은 사람의 기준은 각자가 다르겠지만, 내 기준은 계속 배우고 성장하는 엄마, 타인을 배려하는 엄마이다. 그래서 아직도 노력하는 중이다. 물론 노력해도 실패할 수는 있다. 세상일이 노력한다고 모두 되는 것은 아니라는 것을 알았을 때 자존감이 무너졌다. 그렇다고 노력을 포기할 수는 없었다. 포기하지도 않을 것이다. 추억은 함께할수록 더 풍성해진다. 어제의 나보다 오늘의 나를 더 좋아하게 만드는 노력을 즐길 줄도 이제는 안다. 기억은 추억이라는 곳에 저장된다. 그리고 기록하지 않으면 금방 날아가 버린다. 아이들이 자라면서 보여주었던 아름다운 찰나의 순간들, 고통스럽지만 성장했던 기억, 읽은 책과 감상 등, 일상의 기록은 추억을 저장할 뿐만 아니라 성장시키기도 했다. 지금 이 글을 쓰는 이유는 일상을 정리하고, 반성하고, 성장하는 길이기 때문이다. 기록을 하지 않으면 개선점도 찾지 못한다. 출근하기 전, 회사에서 잠시 쉬는 시간에 틈틈이 기록했다. 힘이 들고 외로울 때 더 많은 기록을 남겼다.

♦ 워킹맘 리더십

워킹맘이 리더가 되면 확실히 차별화된 리더십도 생긴다. 조직원 한 명 한 명에게 조금 부족한 부분이 있으면 보완해 주고 잘하면 칭찬해 주는 엄마의 마음으로 조직을 운영하는 것이 워킹맘의 리더십이다. 따라서 워킹맘의 조직은 화기애애하고 분위기도 좋고 실적도 잘 나온다고 한다. 아이를 잘 키우거나 업무를 할 때도 공감 능력이 있으면 좋다. 시간과 체력과 같은 자원을 할당하고 효율적인 업무 처리 등 여러 능력이 필요하기 때문이다. 이런 리더십의 능력이 다년간의 육아를 통해 길러질 것이다. 극한 환경에서 살아남기 위한 적응 능력과도 같다. 아이를 키우며 생긴 장점이 조직의 리더십으로도 나타나는 것이다. 많은 회사가 관점을 좀 바꿔서 리더십 역량이 필요한 위치에 워킹맘을 배치한다면 좋은 성과를 거둘 것이다. 조직원들을 어떻게 동기 부여시키고 잘 리딩할 수 있는지 본능적으로 알기 때문에 결과적으로 성과도 따라올 것이다. 이런 장점을 모르는 경영자들이 많은 것이 안타깝다. 특히, 남성 경영자들은 발견하기 어려울 수 있다. 나 또한 아이를 키우기 전에는 몰랐던 능력들을 엄마가 되고 나서야 발견하게 되었다. 국어사전에서 '워킹맘'을 찾아보니 일과 육아를 병행하는 여성을 이르는 말이라고 되어 있다. 사전적 의미처럼 어느 것도 포기하지 않고 동시에 할 수 있는 그런 세상이 오기를 바란다.

♦ 현대 정신과 월드컵 정신은 통했다

2002년 월드컵 4강 신화가 20년이 지났지만 여전히 특별한 이벤트로 추억한다. 1996년 5월 31일 FIFA에 의해 2002년 월드컵 개최국으로 선정되었다. 월드컵 유치를 위한 한 · 일 두 나라 간의 뜨거운 경쟁이 있었던 기간에 6개월간의 일본살이를 하던 중이라 두 나라의 입장과 감정을 가까이서 볼 수 있었다. 그 어느 때보다도 애국심에 불타 있었고 가슴 벅찬 내 인생의 봄날이었다. 그 당시 일본인들은 축구의 국제화에 한발 앞서 나간 경제 대국이 뒤늦게 유치전에 뛰어든 한국과 함께 호스트가 되는 것에 매우 자존심 상해했고 노골적으로 불만을 표출했다. 개최하는 그날까지 신경전도 그치지 않았던 것으로 기억한다. 대회 명칭에 어느 나라가 앞에 와야 하는지를 두고 첫 신경전에서는 우리나라가 이겼고, 결승전 유치전에서는 일본이 이겼다. 1996년부터 2002년까지 이어진 6년은 오랜 악연으로 감정의 공유가 불가능할 듯했던 두 나라가 보기 드문 공감대를 형성한 시기이기도 했다. 독식을 원했던 일본으로서는 절반의 실패 기록을 남기게 되었지만 우리나라는 하나로 똘똘 뭉치는 계기가 되었다. 당시 대한축구협회장이던 정몽준 의원은 2002년 월드컵을 대한민국에 유치하고 성공적으로 개최함으로써 국민들 사이에 선풍적 인기를 얻어 유력 대권주자가 되기도 했다. 특별한 장비 없이 누구나 즐길 수 있는 축구의 특성인 굳센 체력과 강인한 정신력은 '현대 정신'과도 많이 일치했다. 꿈만 같은 2002년의 여름, 우리 모두는 정말 행복했다. 모든 국민이 너 나 할 것 없이 축구라는 단일 스포츠 종목에 열광했다. 함께 웃고 우는 등 모든 것을 함께 했으며, 월드컵에서 1승도 따내지 못했던 우리가 4강까지 진출하며 2002년, 우리는 마침내 기적을 만들어 내었다. 선수들이 열심히 노력한 결과이기도 하지만 그 뒤에는 히딩크 감독이 있었다. 2001년 울산에서의 전지훈련을 시작으로 출범한 히딩크호는 월드컵에서 영원히 잊을 수 없는 추억을 만들어주었다. 히딩크 감독은 자신의 가치 공유를 위해 노력했다. 특정 선수를 비난하지 않을 뿐만 아니라 칭찬은 아끼지 않았다고 전해진다. 모든 선수들의 약점을 숨기기보다는 드러내고 극복하게 했다고 한다. 따라서 히딩크 감독의 성공사례는 한 사람의 리더가 조직을 얼마나 변모시킬 수 있는지를 극명하게 보여주는 예이기도 했다. 당시 히딩크 감독의 리더십 성공 요인은 기업의 CEO들에게도 많은 시사점을 주었고 '히딩크 벤치마킹'이 우리 사회에 '신드롬'이라 불릴 만큼 유행병처럼 번졌다. '꿈은 이루어진다'라는 2002년 월드컵 4강전 때의 카드 섹션 문구는 축구에서뿐만 아니라 우리 모두의 꿈이 반드시 현실화할 수 있다는 자신감의 상징이 되어 주었다. 2002년 한일월드컵에서 길거리 응원 문화로 세계의 주목도 받았다. '붉은 악마'의 주도 아래 남녀노소를 불문하고 붉은 티셔츠를 입었다. 경기가 있는 날이면 전국 시청과 광장 등 사람들이 모일 수 있는 곳 어디에서나 응원을 펼쳤다. 그 열정으로 월드컵 출전 48년 만에 4강 신화의 기적을 이룬 것이다. 그동안 쌓여왔던 조국의 한을 분출할 수 있는 돌파구가 되었다. 비관적인 상황을 타개하고 국민들이 하나로 뭉칠 수 있는 기회가 된 것이 바로 2002년 월드컵이었다.

♦ 성차별, 성희롱 예방 전문가의 꿈

지금까지 여성으로 살아오면서 무수한 성적 괴롭힘과 성차별을 겪었다. 그러나 그때마다 제대로 문제를 제기하지는 못했다. 하지만 언젠가부터 불합리한 폭력 앞에서 목소리를 내며 맞서기를 주저하지 않았다. 그리고 지금까지 성차별, 성희롱 예방 전문가로서 성폭력의 굴레를 끊어내고 우리 딸들과 미래 세대는 지금보다 나은 미래를 살아갈 수 있게 한다는 것이 또 하나의 꿈이 되었다. 나 자신을 인정하고 존중하며 나를 보듬는 매 순간을 살아야겠다고 다짐한다. 그리고 그 인정, 존중, 보듬는 품이 세상을 포옹하는 '넉넉함'으로, 사람을 포옹하는 '온기'라는 것을 아프게 배웠다. 그래서 내가 나로 사는 순간을, 우리로 사는 오늘을, 내가 되어가는 일생을 지향한다.

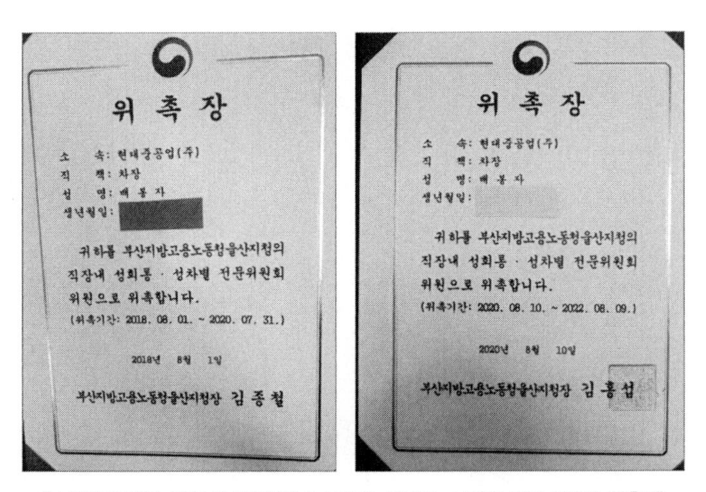

위 촉 장

소　속: 현대중공업(주)
직　책: 차장
성　명: 배 봉 자
생년월일:

귀하를 부산지방고용노동청울산지청의 직장내 성희롱 · 성차별 전문위원회 위원으로 위촉합니다.
(위촉기간: 2018. 08. 01. ~ 2020. 07. 31.)

2018년 8월 1일

부산지방고용노동청울산지청장 김 종 철

위 촉 장

소　속: 현대중공업(주)
직　책: 차장
성　명: 배 봉 자
생년월일:

귀하를 부산지방고용노동청울산지청의 직장내 성희롱 · 성차별 전문위원회 위원으로 위촉합니다.
(위촉기간: 2020. 08. 10. ~ 2022. 08. 09.)

2020년 8월 10일

부산지방고용노동청울산지청장 김 홍 섭

〈부산지방고용노동청 울산지청에서 위촉한 성차별, 성희롱 예방 전문가 위촉장〉

– 성희롱 관련 징계 대상 1호의 꿈

직장 내 성희롱 예방 교육이 의무화되기 이전인 1998년 12월, 직장 내 '성희롱' 관련 징계 대상 제1호가 되었다. '무단 성교육 실시'와 '위계질서 문란'이라는 징계 사유로 정직 8주라는 중징계 처분을 받았다. 성희롱 예방 교육이 법정 교육으로 의무화된 것은 1999년 2월부터였다. 불과 30년 전만 해도 직장 내 성폭력은 피해자들이 감내해야 할 암묵적 동의와 같았다. 권력관계에 의한 성추행, 성희롱이란 개념 자체가 무지했던 시기였다. 그 당시 구성애 선생님의 아름다운 우리의 성이라는 일명 '아우성'이라는 성교육이 한창 진행되고 있었고 직장 내 성희롱에 대한 규제나 법적 제도는 전무한 상태였다. 때문에 회사 내 여직원 모임(다모아회)을 구성하여 초대 회장으로서 피해 여직원들의 고충을 들어주고 대처 방법을 알려 주고 상담해 준 것이 문제였다. 하지만 그러한 생생한 체험과 경험들이 쌓이고 모여서 직장 내 성희롱, 성차별 전문가로서 역할을 하게 되었다. 직장 내 괴롭힘 피해자들뿐만 아니라 피해자를 도운 동료에게도 회사로부터 부당한 조치가 가해진 사례를 상담을 통해 알게 되었다. 어찌 됐든 회사는 문제를 제기하지 못 하게 입을 다물게 했다. 입막음한 회사는 잘못된 것을 바로잡고 좀 더 나은 직장문화를 만들 수 있는 계기로 받아들이지 않았다. 문제 제기 자체를 회사의 위계와 통제 권한을 위협하는 요인으로만 보기 때문이다. 피해자와 피해자를 도운 동료에게 회사가 행하는 부당한 조치는 조직구성원에게 회사에 반기를 들지 말라는 메시지와 본보기이면서 강력한 경고이기도 했다. 회사의 표적이 되지 않기 위해 침묵해야 하는 걸까? 사건 해결은 피해자와 행위자, 회사가 알아서 하면 되는지? 그렇지 않다. 직장 내 괴롭힘은 한 번 침묵하면 내게 아무런 영향을 미치지 않는 단발적인 사건이 아니다. 잘못한 것이 없는데 모난 돌 취급을 받던 피해자가 결국은 사직했다면, 이후에 누구도 부당함에 용기 내어 문제를 제기하기는 힘들 것이다. 피해자를 지지하고 돕는 동료가 없고 상사의 압박으로 동료들마저 피해자에게 등 돌리는 조직에서는 이후에 내가 부당한 일을 당했을 때 동료들이 도와줄 거라는 기대를 할 수 없다. 아닌 것은 아니라고 말할 수 있어야 한다. 아무도 먼저 나서지 않고 모두가 침묵한다면 문제는 결코 해결되지 않고 예방할 수도 없을 것이다. 내가 사건 해결에 적극적으로 나선 이유는 직장 내 괴롭힘이 피해자와 행위자 둘만의 문제가 아니기 때문이다. 일상적으로 행해지는 부적절한 언동에 아무도 문제를 제기하지 않았다면 행위자에게는 그래도 된다는 메시지로 받아들여지는 것이다. 피해자를 지지하고 함께 사건 해결의 주체가 되는 것은 거창하거나 어려운 것이 아니다. 단 한 사람이라도 피해자에게 지원의 마음을 전하고 공감할 때, 피해자는 큰 힘을 얻게 될 것이다.

– 명예고용평등감독관으로 선임

여직원으로서 회사 측 '명예고용평등감독관'으로 최초로 선임되었다. 먼저 이에 앞서 알아야 할 것이 '명예고용평등감독관 제도'다. 명예고용평등감독관은 고용노동부장관의 위촉직으로서 사업장 내 남녀 고용 평등을 이행하기 위해 설치된다. 이 제도에서는 사업장의 남녀 고용 평등을 실현하기 위해 사업장 소속 근로자 중 노사가 추천하는 직원을 감독관으로 위촉 · 운용하고 있다. 명예고용평등감독관에 선임되면 사업장 내 차별 및 성희롱 발생 시 '피해 근로자에 대한 상담 및 조언', '사업장 고용 평등 이행 상태 자율 점검 및 지도 참여', '법령 위반 시 사업주에 대한 개선 건의 및 감독기관 신고', '남녀 고용 평등 제도 홍보 및 계몽 역할'을 수행해야 한다. 현재는 법 규정에도 불구하고 제대로 시행되지 않고 있다. 활용도를 높이는 동시에 여성의 근로 환경 개선까지 역할을 확대할 필요가 있다.

2014년 6월에 명예고용평등감독관에 선임돼 큰 책임감을 느끼며 상담에 임했다. 상담을 할 때 가장 중요하게 생각한 대원칙이 하나 있었다. 나는 명예고용평등감독관이기 전에 직원이고 동료로서 그들의 편에 서겠다는 소신을 지키고 싶었다. 가해자와 피해자 사이에서 입장차이가 극명한 문제들을 중재해 나가는 과정은 결코 순탄하지 않았다. 회사에서 가해지는 정신적 압박을 견디며 '소신껏' 나의 역할에 집중했다. 직장 내 괴롭힘 금지법은 2022년 7월 16일로 시행된 지 3년이 지났다. 최근, 피해를 본 직원을 부당하게 보복성 조치를 한 사업주에게 징역형이 확정됐다. 사용자의 낮은 인식이 피해자에게는 괴롭힘이 더 가중되는 결과를 낳았기에 120시간의 사회봉사도 함께 명령했다. 이 판결은 직장 내 괴롭힘 처벌법으로 유죄가 선고된 첫 사례로 기록될 것이다. 그리고 피해자가 안전한 일터로 돌아가 정상적인 생활을 하기까지는 사업주의 시정 노력과 인식의 변화가 필요하다는 점도 새기게 될 것이다. 나아가 모든 근로자에 대한 괴롭힘을 근절하고, 사업주의 예방, 조치(보호) 의무에 대한 인식을 다시 한번 확립하는 계기가 되어 줄 것이다. 제도 시행 이후 직장 내 괴롭힘에 대한 인식과 관심은 높아졌지만 여전히 괴롭힘에 고통을 겪는 피해자들은 적지 않다. 버티다 용기를 내 회사에 신고했지만, 조사는 제대로 이뤄지지 않았고 아예 법망을 비껴가는 사례도 많다. 신고라도 할 수 있었던 피해자는 그나마 다행인 것이 현실이다. 직장 내 괴롭힘을 방지하기 위한 예방 교육도 이뤄지고 있지만 고용 형태와 사업장 종류에 따라 편차가 아주 크다. 따라서 각계각층의 의견을 담은 직장 내 괴롭힘 예방교육의 의무화, 가해자 처벌조항 강화 등 법의 재정비가 필요하다. 또한 개별 사업장의 책임도 막중하다. 안일하고 소극적인 대처는 괴롭힘을 눈감아 주는 면죄부와 다름없다는 경계심을 갖고 문제를 들여다봐야 한다. 괴롭힘에 대한 상식선에서의 인식 공유와 수직적인 조직문화 탈피 노력은 일하기 좋은 직장을 만들고 생산성을 올릴 수 있는 만큼 경제적이라는 것이다.

직장인의 대부분은 하루 중 가장 많은 시간을 회사에서 보낸다. 조직 내 상하좌우 인간관계가 공동생활의 질을 좌우하는 척도일 수 있다. 내가 싫으면 남도 싫은 법이다. 혹시 어디까지가 훈계이고, 어디까지가 괴롭힘인지 감이 잡히지 않는다면 자기 자신을 을의 위치에 놓는 역지사지가 가장 좋은 방법일 것이다. 자신을 포함해 내가 사랑하는 누군가가 직장에서 괴롭힘을 당한다면 어떤 심정일지 감정을 대입해 보는 마음가짐이면 된다. 법과 제도가 많이 마련되어 있지만 결국 이것이 작동할 수 있어야 한다. 무수히 많은 피해 사실들을 아무 거리낌 없이 드러낼 수 있는 건강한 직장문화를 갖추는 것이 가장 중요하다. 특히 군대처럼 남성이 대부분이고 상명하복이라는 수직적 구조를 가진 조직일수록 더 괴롭힘과 성폭력에 대해 민감하게 대응할 수 있도록 해야 한다.

〈직장 내 괴롭힘 예방교육〉

♦ 고용노동부 장관상 수상

회사의 명예고용평등감독관 역할을 맡았고, 그뿐만 아니라 부산지방고용노동청 울산지청장으로부터 직장 내 성희롱, 성차별전문위원회의 위원으로 위촉되었다. 울산지역 성희롱, 성차별 사건 및 쟁점에 대해 조언, 상담(자문) 활동을 수행하면서 공정한 사건 처리 및 피해자 권리구제의 전문가로서 활동했다. 그리고 한국성희롱예방센터의 스타 강사로서 전국의 사업장과 공공기관(학교 포함)에서 성희롱 예방, 괴롭힘 방지 교육 강의도 하고 있다.

이러한 활동의 결과로 2018년에 직장 내 성희롱 예방과 건강한 조직문화 조성에 기여한 공로를 인정받아 고용노동부 장관상을 받기도 했다. 1995년 직장 내 성희롱 개념이 처음 법제화된 지 어느덧 27년이 지났다. 하지만 여전히 직장 내 성희롱 피해가 빈번하게 발생하고 있다. 시대가 많이 바뀌었다고 한다. 여성의 인권이 많이 향상되었다고도 한다. 그러나 정말로 피부에 와 닿는 조직문화를 만들기 위해선 무엇보다 기업 분위기의 전환이 중요할 것이다.

누군가 부당한 일을 당했다면 기꺼이 부당하다고 말 할 수 있는 조직문화가 아쉽다.

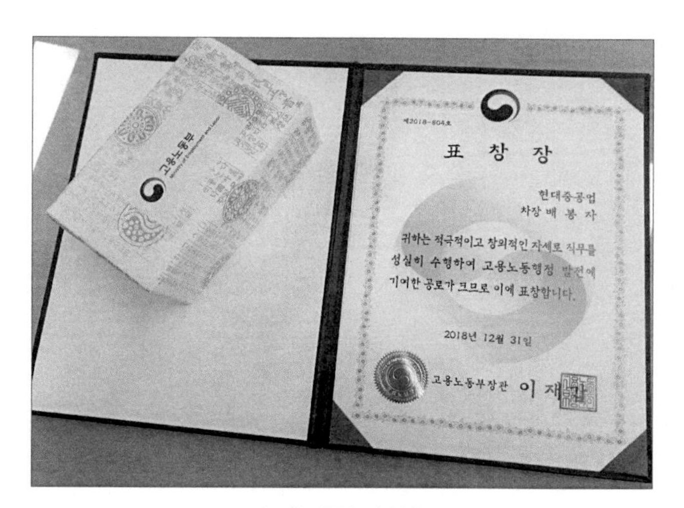

표 창 장

현대중공업
차장 배 봉 자

귀하는 적극적이고 창의적인 자세로 직무를
성실히 수행하여 고용노동행정 발전에
기여한 공로가 크므로 이에 표창합니다.

2018년 12월 31일

고용노동부장관 이 재

〈고용노동부 장관상〉

6

제6부

직장 생활 4

– 내게 있어서의 회사

♦ 페미니스트의 꿈

여성 리더들이 리드하려 하면 '나댄다'고 하며 좋지 않게 보는 문화가 아직도 있다. 성희롱예방교육 강의가 끝나면 교육생들이 삼삼오오 모여 "이런 것도 성희롱? 모든 남성을 잠재적 가해자로 지목받은 느낌, 벌 받은 기분이 든다"고 하며 불쾌감을 드러내는 것을 보곤 한다. 여직원을 함께 일하는 동료로 인정하고 존중하는 것이 아니라 '성적 대상' 그 자체로만 보는 것은 직장 내 성적 괴롭힘이 발생하는 원인이자, 성희롱예방교육의 필요성과 무관하지 않다. 잘 나가던 직장인이 한순간의 잘못된 선택으로 무너지는 경우를 참 많이 봐 왔다. 그중에는 법이나 규정에 저촉되는 잘못도 있지만 법적으로 문제되지는 않지만 누군가를 불편하게 하거나 상처를 준 잘못도 있다. 주로 말로 짓는 잘못으로, 언어폭력이 대표적이다.

한 사람의 가치는 인격과 떼어 놓을 수 없다. '좋은 사람'이라는 이미지를 가지고 싶다면 정말로 좋은 사람이 되어야 한다. 20~30년 이상 쌓아온 좋은 이미지와 명성도 작은 실수 한 번에도 쉽게 벗겨질 수 있다. 하지 말아야 할 것을 함으로써 자신의 명성과 이미지에 치명적인 손해가 생길 수도 있다. 보이지 않을 뿐 누구나 남모를 고충, 아픔, 걱정들을 안고 살아간다. 나도 마찬가지다. 이 글을 읽고 나를 찾는 많은 분들에게 좋은 에너지와 영향을, 도움을 주고 싶다는 생각으로 글을 쓴다. 내 이야기와 경험을 담은 것이라서 이 자리에 모두 꺼내 보인다는 것이 초라하고 부족한 느낌이 들어 부끄럽기도 하다.

성폭력예방교육을 통해 배워야 할 것은 단순히 어떤 성적 언동들이 성폭력 요건에 해당하는지를 판별하는 능력이 아니다. 조직의 위계적 구조와 실천을 함께 돌아보고 동료의 권리를 존중하면서 내 인권이 침해되지 않도록 조직 내에서 어떤 정의로운 태도를 취할 것인가이다. 특히, 직장 내 괴롭힘이 조직 내 권력Power의 문제라는 것을 명확히 짚고 넘어가야 한다. 그리고 짐승 같은 욕망의 발동이라는 점도 짚어봐야 한다. 문제는 젠더 폭력의 한 형태인 성희롱을 '젠더 권력'의 문제가 아닌 '지위 권력'의 문제로만 한정 짓고 있다는데 있다. 젠더는 계급, 인종 등 다른 사회 위계와 상호 교차하여 구조적 불평등을 발생시킨다. 그럼에도 불구하고 사회 곳곳에 만연한 성차별과 젠더 폭력을 예방하는 강의를 하면서 젠더 위계가 간과되는 것은 성폭력예방교육이 얼마나 큰 한계를 내포하고 있는지를 보여주는 것이다. 실제 상담 과정에서 피해자에게 어떤 피해를 봤는지 실토하라고 종용하기도 한다. 각자 자기만의 잣대로 피해의 경중을 따져서 '그런 것도 성희롱이냐? 겨우 그 정도로 한 가정의 가장을 무너뜨린 거야?' 같은 비난도 한다. 가해자에 대한 엄벌을 요구하는 목소리만이 조직 안팎에서 반복적으로 발생하기도 한다. 안타깝게도 성폭력예방교육은 점점 특정 성에 대한 편견을 버리라는 개인적 차원의 인식 개선이나 피해자가 되지 않기, 가해자가 되지 않기, 주변인의 역할 등 개인적 차원의 실천을 강조하고 있다.

지구상의 모든 여성 3명 중 1명은 일생 중 최소 한 번 이상 남편이나 동거 남자 등 친밀한 파트너로부터 언어적, 물리적, 성적 폭력을 경험한다는 말이 있을 정도로 가정 폭력은 대단히 만연한 형태의 폭력이라고 할 수 있다. 성폭력은 낯설고 위험한 사람들로부터 당한다고 생각하기 쉽지만 실제로는 친밀한 관계, 예를 들면 남편, 아버지, 남자 친구, 친척, 이웃 등 가까운 관계에서 발생하는 빈도가 훨씬 높다. 그리고 가정폭력이 성폭력을 동반하는 경우도 대단히 많다. 이와 같은 폭력이 권력의 산물이며, 가정 내에서 남편과 아내의 불평등한 권력 관계를 바탕으로 남편이 부인을 지배, 통제, 억압하기 위한 수단으로 물리적 폭력과 성폭력을 자행하기 때문이다. 세상이 많이 좋아졌다고 한다. 여성의 사회참여도 늘어났다. 하지만 아직까지도 말도 안 되는 성차별과 성추행 사건들이 끊이지 않고 있고 고용상의 성차별 관행은 여전하다. 40여 년간의 직장 생활을 통하여 회사의 크기와 관계없이 성차별이나 성추행 사건들이 은근히 많이 일어나는 것을 목격했다. 예방 교육을 하고 회사에 대한 징계나 법적인 조치를 가하며, 불매운동 등을 하더라도 오랫동안 있어온 문제가 쉽게 해결되기는 어렵다. 무엇보다 우리 모두가 자발적으로 의식을 전환해야 할 것이다. 남녀고용평등법이 제정된 지 30여 년이 지났지만, 여전히 OECD 국가 중 성별임금격차가 가장 높고 유리천장 지수는 최하위에 머물고 있는 성차별 현실을 마주한다. 코로나19 상황에서는 고용이 불안정했던 여성들이 가장 먼저 해고되었고, 여성의 가사노동과 돌봄의 이중 부담은 더욱 가중되었다.

성차별적 직장 문화는 결국 여성이 직장이라는 공간에서 제대로 능력을 인정받고 재능을 발휘할 기회를 잃게 만든다. 그사이 남성들은 정치적인 라인을 만들고 끼리끼리 문화를 통해 기존의 권력을 다시 남성 집단에 고스란히 물려준다. 너무 말도 안 되는 일들은 언급하기도 싫지만, 의외로 성차별적인 발언들이 상당히 많다. 회식 자리에서 "요즘은 애인 없으면 장애인이라는데"하며 연애 여부를 물어보는 것도, '여자는 나이 먹으면 퇴물 취급당한다'는 말도 문제 있는 발언이다. 불쾌한 표정을 지어도 아무렇지 않아 하며 계속하는 상사도 있다. 왜 개인의 사적인 부분까지 관심을 가지고 불편하고 불쾌할 수 있는 질문을 할까? 예민한 걸까? 당연히 예민해야 하는 부분이다. '너무 예민한 거 아냐?'가 아니라 당연히 예민해야 하는 부분이 직장 내 괴롭힘, 직장 내 성희롱 부분인 것이다. '남성과 동등한 권리를 가지기 위한 여성들의 노력'을 페미니즘이라고 한다. 여성과 남성이 무조건 똑같거나 평등한 것이 아니라, 서로 다른 존재이며, 다름을 인정하고 서로를 존중하는 것이 페미니즘이다.

태어나는 순간부터 남존여비, 성차별의 산증인이었고 직접적인 피해자로 지금까지 살아왔다. 입사 초에는 페미니즘이라는 것을 몰랐지만 차츰 여성의 성별로 인해 발생하는 정치, 경제, 사회, 문화적 차별을 없애야 한다는 여성주의에 눈뜨게 되었다. 그럼에도 불구하고 발등에 떨어진 시급한 문제와 당장 조직에서 살아남아야 한다는 현실과의 타협으로 적극적 행동으로 나서지 못했다. 조직 속에서 아무리 노력해도 나의 도전은 모두의 도전과 투쟁이 될 수는 없었다. '어떻게 피해자가 성폭력을 막을 수 있는가'가 아니라 처음부터 가해자가 되지 않도록 교육해야 한다. 물론 이것은 아주 작은 한 걸음 일 뿐, 문제에 대한 해결책이 될 수는 없다. 하지만 이것은 내가 개인적인 차원에서 개입할 수 있는 최소한의 역할과 공간이기도 했다. 아버지 세대의 남성들은 한 여자에게 만족하지 못하고 이 여자, 저 여자와 염문을 뿌리는 바람둥이로, 결코 바람직하지 못한 나쁜 남자였다. 이런 가부장제와 남성 중심 사회에서, 남성 중심 조직에서, 워킹맘으로 홀로 고군분투했다. 편협한 남성 위주의 조직에서 얻은 울분을 주체할 수 없어 조직 내에서의 여성운동(여성주의 운동)으로 불쑥 나선 내 일탈이 진정한 의미의 여성운동임을 알게 되었다. 회사 생활을 하고 경제활동으로 돈을 버는 목적은 사랑하는 사람들과 행복하기 위함이고, 그 첫 번째가 자신의 행복이다. 내가 존재해야 남편과 아이도 있으며 내가 행복해야 그들을 행복하게 해 줄 수 있는 것이다. 사랑하는 가족을 지키려면 내가 행복할 수 있는 힘을 먼저 길러야 한다. 이것이 페미니즘이고, 그런 사람이 페미니스트다.

초기 페미니즘에는 여성을 차별하는 남성에 대한 분노가 담겨 있었던 것도 사실이다. 페미니즘 운동이 발전하면서 성차별적인 사고와 행동을 하는 것이 비단 남성만의 잘못이 아니라는 사실도 알게 되었다. 성차별주의를 행하는 주체가 여성이 될 수도, 남성이 될 수도 있으며, 남성 또한 성별이란 고정관념의 피해자가 되기도 한다. 그래서 페미니즘은 성별을 엄격하게 나누고 있는 사회구조를 무너뜨리는 방향으로 바뀌고 있다. 따라서 성차별주의는 성별과 관계없이 사회 구성원 모두가 극복해야 하는 과제가 되었다. 페미니즘에 대한 큰 지지만큼 페미니스트들 간의 갈등도 많다. 40여 년간의 직장 생활 속에서 페미니스트로서의 나의 자질과 존재는 늘 의심과 감시의 대상이 되기도 했다. 내가 여성주의를 접하고 여성운동을 하면서 느낀 분노의 대상은 두 가지였다. 하나는 나를 억압해 온 가부장적 질서를 용납하기 어려웠다. 그리고 나와 함께 여성주의 운동을 하거나 혹은 여성주의 운동에 참여하지 않는 여성들, 특히 후자에 대해 이해하기 어려운 점이 많았다. '여성주의자라면서 어떻게 그런 말을 할 수 가 있지?'하고 실망한 적이 많았지만 이제는 그런 언동들이 여성혐오적인 언동이었다는 걸 안다. 지금의 여성들 간의 갈등도 건강한 것이라고 생각하지만 그래도 서로에게 좀 더 관대해지기를 바란다.

– 두드려라! 열릴 것이다(MZ세대들에게)

축구, 배구, 골프까지 모든 구기 종목에는 한 가지 대원칙이 있다고 한다. 공에서 눈을 떼지 말라는 것이다. 바라는 것이 있다면 그것에서 눈을 떼지 말아야 한다는 아리스토텔레스의 말처럼 머릿속에서 자신이 원하는 것을 생생하게 그리면 온몸의 세포는 모두 그 목적을 달성하는 방향으로 조절된다고 한다. 목표에 따라 만나는 사람과 자주 가는 곳이 달라지고 보고 듣는 책이나 관심 가는 기사와 방송 채널도 대화의 주제도 달라진다. 처음에는 사람이 목표를 만들지만 일단 목표가 정해지면 목표가 사람을 이끌기 때문이라고 한다. 따라서 하고 싶은 것, 되고 싶은 것을 계속 생각하고 행동으로 실천하면 된다는 생각으로 여기까지 왔다. 내 일을 좋아하고 또 기대했던 성과도 나오고 있어서 직원의 한 사람으로서 개인적으로도 보람 있고, 자랑스러운 직장 생활이었다고 생각한다. 최근 들어 많은 신입사원들이 취업하기 어렵다는 이유로 쉽게 선택하고 또 쉽게 포기하는 것을 본다. 그러나 그런 판단을 너무 쉽게 내리지 않기를 바란다. 나 역시 처음 회사에 입사할 때, 미래에 대한 비전이 없었다. 그러나 선택에 대한 책임을 다하기 위해 노력하면서 차츰 자신과 더 잘 맞는 부분과 일의 재미, 비전을 찾게 되었다. 그렇게 부딪치면서 쓰라린 실패의 경험도 있었다. 그래서 가치 있는 경험도 얻을 수 있었다. 열심히 했지만 결과가 좋지 못하면 깔끔하게 실수를 인정하고 재빠르게 대안을 찾았다. 대안과 방법을 찾지 못할 경우는 솔직하게 상사에게 해결 방법을 알려 달라고 하는 것도 최상의 태도이다. 먼저 인정하고 설명하는 것이 직장 생활에서 가장 스마트한 태도이다. 실수를 인정하고 실패를 받아들이면 다시 한번 더 기회는 주어질 것이다. 집에서 기르는 애완견이나 고양이도 귀여워하는 사람을 본능적으로 알아본다. 하물며 애완동물도 그러한데 매일 직장에서 얼굴을 마주 보며 지내는 동료들의 느낌(촉)은 더 예민하고 정확할 것이다. 능력과 인성에서 존경할 만한 품격이나 실력을 갖추지 못한 상사와 동료도 의외로 많을 것이다. 하지만 그런 상사 또한 가위바위보 해서 시간 때우며 그 자리에 올라간 것은 아닐 것이다. 나름대로 주특기가 있고 그에 따른 조직의 인정이 있었기에 가능한 일이다. 그것만 인정하면 된다. 조직 내에서 상사와 동료의 인간성과 직장 생활을 평가할 필요는 없다. 그 역할은 내 몫이 아니기 때문이다. 물론 부족한 상사를 억지로 존경하고 좋아할 필요까지는 없다. 기본적인 예절을 상실하면 아무리 스펙과 실력이 좋아도 아름답지 못한 결과를 낳을 수밖에 없을 것이다. 조직 생활을 하는 매 순간 어려움과 많은 문제에 직면했다. 그리고 그 어려움과 문제를 피하지 않고 정면에서 치열하게 부딪쳤다. 그러한 과정을 통해서 성장했고 여기까지 왔다. 물론 지금의 젊은 세대들이 느끼기에 실패가 너무 두렵고 어려울 수도 있다. 그러나 조직 속에서 만나는 두려움과 실패는 조직을 떠난 이후의 실패보다는 최소한의 울타리가 있어서 보호를 받을 수 있다는 것이다. 40여년의 직장 생활 동안 4개 부서를 거치고 산전수전, 공중전, 걸프전, 코로나19를 겪으며 정년까지 왔다. 그 긴 세월을 오면서 나의 부족함과 잘못을 인정했고 또 채웠다. 그리고 버텼다. 그래도 안 될 땐 주위에 도움을 청하는 것도 주저하지 않았다. 그리고 두드렸다. 열릴 때까지 두드렸다. 혼자서 모든 문제를 다 해결할 수는 없다. 도움을 구하는 것이 무능한 것은 아니다. 많은 힘든 상황 속에서 희망을 품고 위기 자체를 기회라 여겼기에 지금의 통찰력은 그런 쓰라린 경험이 주는 선물이었다. 사실 그동안 많은 변화를 크고 작게 경험했다. 그리고 그 변화는 나에게 때로는 역경과 고통을 안겨주기도 했지만 동시에 지금 보다 더 나아질 것이라는 희망이고 또한 도전이기도 했다.

사회생활에서 '선을 넘지 않는 것'은 직장에서도 정말 중요하다. 대화도, 술도, 아부도, 자존심도 눈에 보이지 않지만 지켜야 할 선이 있다. 어쩌면 이 말은 자칫 수동적이고 이기적인 행동으로 오해될 수도 있다. 직장 생활에서 특히 그렇다. 업무도 깔끔하게 잘하고 능력도 있지만 딱 자신의 책상 외에는 관심 없는 상사와 동료들이 있다. 이런 유형의 동료는 굳이 흠잡을 필요가 없지만 그래도 2%쯤 아쉬움이 남는다. 그것은 '공동체 의식'이다. 태어나면서부터 한순간도 조직과 테두리를 벗어난 적이 없다. 가족, 학교, 동창, 회사 동기 그리고 한 부서원, 또 같은 아파트 주민으로도 소속되어 있다.

직장 생활을 하면서 가끔은 불평불만을 표현해도 된다. 하지만 그냥 투덜거리는 것에서 끝내면 좋다. 믿을 수 있는 동료, 사실 이 역시 신중한 판단이 필요하지만, 그래도 그런 동료가 있다면 그런 동료 몇몇이 모여 술자리에서 가볍게 안주 삼아 한 소리 하고 지나가면 좋다. 정말 견디기 힘들 정도의 상황이라면, 숲속에서 '임금님 귀는 당나귀'라 외치듯 스스로 풀어내는 방법을 찾아야 한다. 이마저도 어렵고 안된다면 부서(회사)를 옮기는 것을 생각해 보는 것이 더 나은 방법이 될 것이다.

– 직장에서의 성공과 돈

연세대 심리학과 서은국 교수의 〈행복의 기원〉에서는 사람들이 행복을 위해 사는 게 아니라 생존하기 위해 행복이 필요할 뿐이라고 했다. 결국 행복은 생존을 위해 필요한 정신적 도구에 불과하다는 것이다. 직장 생활에서 승진의 기쁨도 승진 그 자체보다 승진이 가져다주는 동료들의 축하와 인정 때문에 더 기뻐했던 것 같다. 그것보다 더 중요한 것은 승진에 의한 임금 상승으로 많은 돈이 주는 기쁨이 더 클 것이다. 일상생활에서의 돈은 매일 복용하는 비타민과 비슷한 것 같다. 비타민의 결핍은 몸에 문제를 만들지만 적정

량 이상의 섭취는 별다른 이익이 못 되기 때문이다. 돈이 많으면 행복과 건강도 살 수 있다는 말은 어떤 면에서 맞는 말이기도 하다. 생존을 위해서도 돈이 필요하다. 그렇다고 해서 물질적인 것이 행복의 충분조건은 아니고 진정한 행복을 보장해 주지도 않는다. 돈으로 품위를 살 수는 없으나 돈이 있으면 체면과 품위를 유지하는 데 도움은 될 것이다. 돈은 사람들의 나약함을 보완해 주고 자기 충만감을 주어서 우쭐한 기분이 들기도 한다. 그러나 돈에 집착할수록 행복의 원천이 되는 사람에게서 멀어지는 모순이 발생한다. 생존만이 목표라면 주변에 지인들이 없어도 돈만으로 홀로 생존하는 것이 가능할 것이다. 진정한 행복이 무엇인지 생각해 볼 여유조차 없이 앞만 보고 달려온 것이 사실이다. 사는 게 바쁘다 보니 그저 간단하고 쉬운 것만 찾았고 눈앞의 현실에 정면으로 맞서 최선을 다했을 뿐이었다.

세상은 너무나 풍요롭고 편리해졌다. 하지만 모든 것이 완벽하게 갖춰진 윤택한 세상에 살고 있는데도 감사한 마음으로 사는지는 잘 모르겠다. 행복한 삶은 자신이 만들어 나가는 것이지 희망한다고 해서 거저 얻어지는 것은 아닐 것이다. 행복한 삶은 이미 내 곁에 와 있을지도 모르겠다. 최근 친정 부모님을 여의고 나서야 살아있다는 느낌보다 더 좋은 에너지를 주는 것은 없다는 사실을 깨달았다. 아울러 삶이 곧 정의이고 행복임을 알게 되었다. 가끔은 자존감이 바닥을 치는 고통을 느낄 때도 있지만 살아있음에 행복하다고 나를 다독인다. 중요한 것은 내가 살아서 행복감을 누리는 일이다. 결국 최고의 행복은 사랑하는 사람과 함께 살아가는 것이다. 이제 은퇴를 앞두고 있다. 노후의 생활 목표로 삼을 만한 기본적 활동 계획을 세우고 돈이 되는 일이 아니라 하고 싶었던 것을 할 것이다. 이제는 돈도 시간도 마음대로 쓸 수 있는 자유의 시작이라 홀가분하게 삶을 즐길 것이다. 좋아하는 것을 계획해서 시작하는 하루하루는 자유와 환희가 있을 것이다. 성공적인 노후는 건강하게 활동하는 데 의미가 있을 것이다. 몸과 마음을 쉬지 않고 움직이며 활동적이고 생산적인 생활을 하여 아프지 않도록 할 것이다. 노화는 막을 수 없지만 만성적인 질병과 불구는 막을 수 있으니 미리 예방하고 노력하면 될 것이다.

나의 MBTI(성격유형)는 ESTP로, 행동 지향적(외향적, 긍정적) 성향이다. 타고난 기질이 누군가와 같이 있는 시간을 좋아하고 그들을 행복한 사람으로 만들어 주는 것을 좋아한다. 그리고 타인들이 나를 좋아하도록 만드는 재주가 있는 유형이다. 그래서 행복감을 느끼는 나는 정서적 안정성도 아주 높다. 돈을 자신이 아닌 남을 위해 쓸 때 더 행복해하는 유형이다. 힘든 역경의 시간을 보내고 40년의 세월이 지난 지금, 이젠 시간도 돈도 많은데 함께 할 수 있는 부모님이 곁에 없음에 가슴이 아프다.

♦ 여성 존중과 기업(여성 존중이 기업의 미래)

최근(2022년 7월) 세계경제포럼WEF이 발표한 세계 젠더(성 격차 보고서Global Gender Gap Report 2022)에서 한국의 젠더 격차 지수는 전체 146개국 중 99위로 여전히 하위권이다. 경제 참여 기회 부문에서 한국 여성의 노동 참여율은 53.39%로 세계 90위에 그쳤다. 유사한 업무를 수행하는 남녀의 임금 평등 지수는 0.603으로 세계 98위에 머물렀다. WEF는 현재와 같은 젠더 격차를 고려할 때 여성이 경제와 교육, 건강, 정치권력 등 분야에서 남성과 동일한 기회를 얻는 데까지 132년이 걸릴 것으로 예상했다. 워킹맘들이 한 걸음 더 나아가는 데 있어 '워라밸'(일과 삶의 균형)은 굉장히 중요한 문제다. 여성들이 커리어를 포기하는 이유도 일과 가정을 동시에 챙기는 것이 매우 어렵기 때문이다. 퇴근해서 집에 가면 가정은 또 다른 일터가 되고 워킹맘은 2교대 근무자가 된다. 그리고 직장에 나간다는 이유로 가족을 제대로 챙겨주지 못해 미안해하기도 한다. 항상 시간에 쫓겨 지내는 것이 힘들고 퇴근 후 가족의 식사, 쌓여 있는 빨래와 청소를 해야 하는 현실을 원망도 할 것이다. 할 일 다 끝내고 퇴근하는데 '애 엄마라 칼같이 퇴근한다.'는 비이성적인 눈총도 받는다. 직장에서 착실히 완성도 높게 업무를 처리해도 남성들에게만 놓여 있는 보이지 않는 사다리들의 존재를 확인하게 되는 워킹맘들의 현실이다. 여성에 대한 차별과 편견은 조금 나아진 것처럼 보이지만, 지금 이 순간도 지구촌 곳곳에서 공개적으로 또는 암묵적으로 보이지 않게 차별받고 있다. 말로는 '유리천장'을 깨 버리자고 성평등을 외치고 있다. 하지만 성차별과 여성 인권 존중의 문제는 깨기 쉽지 않은 방탄 유리천장이 되어 있는 것은 엄연한 현실이다.

여성을 보호하는 시스템이 없거나 제대로 작동하지 않는 것은 기업을 위협하는 새로운 위험 요소가 되었다. 특히, 직장 내의 성적 괴롭힘 등을 외부로 알릴 방법이 거의 없었던 과거와는 달리 내부의 사정이 매스컴과 SNS 등으로 급속하게 확산할 수 있기 때문이다. 이런 경우 해당 기업은 브랜드 이미지에 막대한 타격을 입게 된다. 기업의 미래는 '여성 존중'과 여성의 손에 달렸다. 대부분의 가정에서는 이미 오래전에 구매 결정권이 주부의 손으로 넘어왔다. 그럼에도 기업은 이런 현실에 제대로 적응하지 못하고 있다. 여성이 가전 시장을 좌지우지하고 있는데도 가전 회사 여성 임원 비율이 평균에도 못 미친다. 이런 상황에서 기업은 어떻게 해야 할까? 여직원 및 여성 임원의 비율을 올려 나가는 건 당연하지만 여직원들이 안심하고 일할 수 있는 분위기를 만들어 주는 것이 더 중요할 것이다. 결국은 기업 내부에 '여성 존중'의 조직문화가 자리 잡아야 한다. 코로나19로 모두가 비상 상황의 날들을 보내고 있는 요즘, 일자리를 잃고 실업급여를 신청하는 사람들이 많이 늘어났다. 실업급여를 받지 못하는, 구석에 자리한 사람들도 있어 정부가 세심히 살펴야 한다는 기사들도 많다. 이 기사들의 주인공은 남성들보다는 40~50대의 여성들이 대다수이다. 소규모 직장에서 근무하다가 기업의 재정이 좋지 않아 권고 해직을 당하기도 하고 임시직으로 일하다가 계약이 해지 되기도 한다. 어떤 원인으로든 기업이 흔들릴 때는 가장 약한 연결고리를 끊어내고 생존을 모색한다. 그 약한 고리는 언제나 여성 차지였고 그중에서도 중년 이상의 나이가 많은 여성이 가장 약한 고리였다. 능력대로 인정하고 존중해 주고 서로를 인식하고 함께 존재할 때 모두가 원하는 삶을 이어 나갈 수 있을 것이다.

♦ 직장 내 거리 두기

인간관계에서 내가 쓸 수 있는 에너지의 총량이 정해져 있다면 더 많은 부분을 소중한 사람에게 집중해야 한다. 그런데 소중한 사람에게 근거 없는 이해를 강요하는 반면, 새로운 사람에게는 과도한 에너지를 소모하며 그들에게 맞추려는 오류를 범하고 있진 않은지 돌아보아야 한다. 내가 만든 심리적 거리를 상대방이 넘었다고 생각되면 더 이상 다가오지 말라는 신호를 보내야 한다. 왜냐하면 각자의 친함에 대한 심리적 거리가 서로 다르기 때문에 표현을 솔직하게 하지 않으면 경계를 넘었다는 사실조차 모른 채 더 다가오는 경우가 많기 때문이다. 대부분의 경우 이런 표현에 많이 서툴다. 경계를 넘지 말라는 솔직한 표현이 상대를 불편하게 하고 오히려 관계가 서먹해지진 않을까 하는 막연한 두려움 때문이다. 그러나 이런 표현을 제때 하지 못하면 선을 넘는 상대와의 관계는 한 순간에 남보다 못한 사이가 될 수도 있다.

인간관계에 능숙하다는 것은 경계를 넘은 상대방에게 경고의 표시를 명확히 하되 상대에 따라 표현을 다듬어서 유연하게 대처하는 것이다. 직장에서 마음에 맞는 동료들만 함께 일할 수 있는 직원이 몇 명이나 될까? 동료들과의 관계는 기본적으로 비즈니스 관계이므로 나와 맞지 않는 동료들이 존재하기 마련이다. 서로 간의 협업이 필요한 직장 내에서 심리적 거리를 좁혔던 동료와의 사이가 서로 틀어진다면 결과적으로 업무효율이 떨어질 것이다. 너무 냉정하게 들릴지 모르겠지만 내 경험으로는 직장 내에서 친구를 만들겠다는 생각 자체를 버려야 한다. 동료와의 관계에서는 심리적 거리를 철저히 지키는 것도 중요하지만 그보다 더 중요한 것이 모든 동료들과의 거리를 일정하게 보이도록 유지하는 것이다. 직장 내의 일부 동료들만 친밀하게 비친다면 그 외의 동료들과는 상대적으로 심리적 거리가 멀어지게 될 것이다. 설사 서로 마음이 맞는 동료가 있더라도 다른 동료들에게 티가 나지 않게 관계를 유지해야만 한다. 일부의 직원들이 소외당한다는 느낌을 받지 않게 모든 동료들과의 거리를 일정하게 유지해야 한다. 그래야 서로 간의 협업이 가능하다. 인간관계에도 거리 두기(가지치기)는 필요하다. 백이면 백 사람 모두에게 다 잘하고 살 수는 없다. 평생을 함께 가는 사람도 한두 명이다. 많은 사람을 알고 있는 것이 꼭 좋은 일은 아니다. 진정한 친구는 한두 명만 있어도 성공한 것이지만 그 친구도 항상 좋지만은 않다는 것을 알아야 한다.

사람마다 상대에게 원하는 친밀함의 기대치는 다르다. 내가 생각한 거리보다 상대와 더 가까울 경우 불편할 수도 있다. 상대가 누군가에 따라 나의 공간을 엄격히 지키거나 온전히 공유한다. 따라서 상대의 다른 공간을 인정하고 그 거리를 지켜줄 수 있어야 한다. 거리를 조절하는 것은 상대방을 잘 알려고 노력하는 것이다. 그리고 오랜 관계를 유지하기 위해서는 상대의 단점을 알고 조심하고 이해하도록 노력하면서 마음속에 품고 있는 상처를 건드리지 않도록 적당한 선을 찾아야 한다. 인간관계의 거리 조절은 처음 만난 사람들에게만 해당하는 것이 아니라 잘 알고 있는 상태에서도 거리 조절은 필요하다. 부모나 형제 사이처럼 오히려 가까운 사이이기 때문에 상처받는 말이 무엇인지 잘 알고 있어서 더 깊은 상처를 입히기도 한다. 그렇지만 상대의 단점을 알아가는 꾸준한 노력을 통해 서로의 사생활을 지켜준다면 거리 조절 역시 모두를 위한 일이 될 것이다. 내 경우를 보아도 웬만해선 타고난 성격은 변하지 않는다. 벼락같은 깨달음이 있거나 인생의 온갖 풍파를 겪으면서 서서히 달라진다. 평범한 일상을 살아가는 대부분의 사람에게 타고난 성격의 변화를 기대하기는 쉽지 않다. 프로다운 모습을 보여야 할 직장에서 감정 기복을 그대로 보여주면 손해를 볼 뿐이다. 회사에서뿐만 아니라, 가족이나 친구에게 안 좋은 기분을 티 내며 소중한 사람을 질리게 만들어버리고 후회도 한다. 살면서 모든 것을 다 해낼 수는 없을지라도 최소한 자신의 마음(감정)을 다스릴 수는 있어야 한다. 나를 존중하지 않는 사람이나 관계에 애쓰지 말고 과감하게 정리할 필요가 있다. 자기 자신을 먼저 돌보고 최선을 다하면 건강한 사람들로 채워질 것이다. 힘 되는 인연은 아니어도 힘든 인연으로는 살지 말아야 할 이유가 지금 이 순간 내가 제대로 살아야 할 가장 큰 이유다.

제7부

못다 쓴 편지

♦ 천 개의 바람, 부모님

〈부모님 결혼사진〉

이른 나이에 독립하여 부모님과 함께 지낸 시간보다 떨어져 산 세월이 훨씬 더 길다. 그 시간의 익숙함으로 떠 올리면 부모님이 아직 어딘가에 살아 계실 것이라는 생각이 들기도 한다. 부모님의 마지막 길을 배웅하는 것은 슬픈 일이다. 양지바른 곳에, 먼저 가신 엄마 계신 곳에, 나란히 아버지도 모셨다. 1여 년 만에 두 분이 서로 만나 많은 이야기꽃을 피우고 계실 듯하다. 인생에서 가장 슬프고 어려운 시간은 또 이렇게 무심한 듯 흘러가고 있다. 8녀 1남을 두신 부모님의 유일한 아들인 남동생이 코로나19 확진으로 아버지 장례식 참석이 불가능했다. 남편과 딸도 감염되었기 때문에 나라도 정신을 차리고 아버지를 배웅해야만 했다.

장례 첫째 날, 장례식장 주차장 옆에 앉아 찬바람을 가슴 속으로 깊이 들이마시니 조금은 마음이 정리되었다. 급하게 연락할 곳에 상황을 알리고, 착하디착하고 여린 남동생이 부담을 갖지 않도록 안심을 시켰다. 아버지 마지막 가시는 길에 하나밖에 없는 남동생과 남편이 불참한 장례식은 가슴이 찢어지는 아픔이었다. 그래도 다행히 8자매와 18명의 손주들이 함께 장례 절차를 진행하다 보니 고맙게도 제대로 잘 치를 수 있었다. 이제 뒤돌아봐도 가슴 한쪽은 텅 비어 있다. 입관 시 아버지의 마지막 모습과 하관 시의 영원한 이별의 순간은 평생 가슴에 남아 있을 것이다. 시부모님과 엄마를 먼저 여의고 나는 삶과 죽음을 조금씩 받아들이는 연습을 했던 것 같다. 부모님 두 분 다 긴 시간을 병원에서 고생하지 않았다는 주위 분들과 조문객의 위로가 나 역시 같은 생각이었다. 두 분이 코로나19 여파로 익숙한 공간과 사랑하는 가족들 속에서 삶을 마무리할 수 없었다는 것이 가장 마음 아프다. 마지막 순간에 무슨 생각을 하고 가셨을지, 얼마나 외로웠을지, 많이 고통스럽지는 않았는지, 생각할수록 짠하고 안타깝다. 아버지를 잠깐이지만 내 집에 모셨던 시간들이 약간의 위로가 되기도 한다. 병원에서 보낸 '연명'의 시간들을 '살아있음'이라고 정의하기는 어렵고 환자 상태로 부모님이 오래 사시기를 바라는 마음은 처음부터 들지 않았다. 다만, 살아계신 시간이 덜 외롭기를, 육체적으로 덜 고통스럽기를 늘 기도드릴 뿐이었다. 좀 더 오랫동안 내 집에서 편안하게 모시지 못한 못난 딸의 마음을 이해해 주신 아버지께는 두고두고 고맙고 너무나 죄송한 마음뿐이다. "부모님 살아 계실 때 잘해라. 돌아가시면 후회한다."라는 말을 들으면 누구나 당연하게 생각하고 또 그렇게 실천해야 한다고 생각은 한다. 하지만 막상 부모님이 건강하게 살아계실 때는 언제나 그럴 거라 생각하고 자식으로서 응석을 부리고 짜증도 내었다. 나 역시 그런 행동에서 절대로 자유롭지 못하다. 참 바보 같다. 자고 있는 나를 깨워서 밥 먹고 또 자라 한다고. 쓸데없이 잠을 깨운다고 화를 낸 일이, 엄마, 아버지는 몰라도 된다고 들은 척도 안 하고 무시한 것이 너무 후회되고 속상하다. 귀찮게 생각하며 그동안 철없이 저질렀던 불효가 하나하나 떠오르며 부모님께 너무나 죄송하고 또 미안하다.

하늘나라에서 두 분이 도란도란, 아무 걱정 없이 편안하게 사시면 정말 좋겠다. 유난히 부부 금실이 좋으셨는데, 생전처럼 두 손 꼭 잡고 함께 계신다고 상상하니 조금은 위안도 된다.

아직도 실감 나지 않는다. 하늘나라에서 지켜봐 주실 부모님을 위해서라도 무너지지 않고 더 씩씩하게 살아나갈 것이다. 이제 나는 부모님이 안 계신다. 나도 부모가 된 지 오래지만 아직은 부모님이 필요하다. 신랑과 싸웠을 때, 그냥 누군가와 이야기가 하고 싶을 때, 아이들 결혼일로 고민될 때 부모님과 상의하고 싶다. 목소리도 듣고 싶다. 엄마는 2020년 11월 9일, 코로나19 때문에 아무런 손을 쓸 수 없는 상태에서 점점 나빠지고 끝내 돌아가셨다. 무력감, 자괴감과 자책감은 이루 말할 수 없다.

2022년 3월 14일, 아버지는 오미크론 변이가 한창 기승을 부릴 때 안타깝게 확진 판정을 받았지만, 다행히 정상으로 회복한 후 폐렴으로 돌아가셨다. 돌아가시기 3일 전에 마지막 면회도 가능했다. 생전의 아버지와 매일 아침 7시 40분경에 전화로 서로의 안부를 물었다. 아버지께서 주로 본가의 집 전화기로 전화를 해 주셨다. 딸의 휴대폰 번호를 기억하고 있다는 것을 자랑하시곤 했다. 엄마가 하늘나라로 가신 후 반년이 채 못되고 어느 순간, 자식들의 휴대폰 번호조차 기억하지 못하셨다. 9남매 폰 번호를 모두 단축키로 저장해 두셨다. 입원하고 돌아가시기 일주일 전에도 통화를 했다. 그 마지막 순간을 직감했다. 이것이 아버지와의 마지막 통화가 될 수도 있을 것 같은 예감이 들었던 것이다. "아버지! 많이 사랑합니다. 그리고 딸이 많이 죄송합니다. 많이 잘못했습니다. 아버지 새끼들은 걱정하지 마세요. 또 전화 드릴게요."라고 했다. 평소의 '전화 끊어에이'라던 때와는 다르게 당신도 마지막을 예감하셨다는 듯이 "잘 있어 에이"라고 마지막 인사를 하셨다. '아버지 안녕히 가세요!' 속울음 울면서 아버지와는 그렇게 작별 인사를 나누었다.

엄마는 살아생전 변변한 옷가지 하나 없이 당신 몸 하나 챙길 줄 모르고 오직 자식 걱정, 아버지 걱정만 하시다 허망하게 떠나셨다. 평생 고생만 하시다 가신 불쌍한 엄마와는 달리 아버지는 40대 중반까지는 이기적일 정도로 당신의 인생을 즐기셨다. 고향에서는 전답이 많아 큰 머슴과 작은 머슴, 두 명이나 있을 정도로 농사일이 많았지만 그 흔한 지게 한번 지신 적이 없었다. 40대 중반 이후, 부산으로 온 가족이 이사를 나오면서 9남매의 양육을 위해서 명절, 휴일 한 번 제대로 쉬지도 못하고 60세 정년까지 매일 출근을 하셨던 아버지셨다. 노후의 병상에서도 아버지는 몇 번의 큰 위기의 순간들은 잘 견디면서 마지막 작별 인사 기회를 자식들에게 주고 떠나셨다. 그리고 당신 바람대로 화장을 하지 않고 엄마 옆에 나란히 묻히셨다. 억지로 두 분을 잊으려 애쓰지 않고 그저 시간의 흐름에 맡기려고 한다. 이생에서 많이 힘들고 고달팠지만 그 곳에서는 아프지도 말고 편안히 쉬세요. 엄마 선복남씨! 아버지 배윤형씨!

9명 자식의 사소한 일상까지 재잘재잘, 수화기 너머로 많은 대화를 나누었던 아버지, 어떤 말을 해도 다 받아주고 진심으로 걱정해 주시던 이 세상의 단 한 사람이 어느 날 갑자기 사라진 것이다. 이젠 부모님이 안 계신다는 사실에 너무 슬프다. 걱정해 주고 응원해 주시는 부모님이 없으니 스스로 일어나 부모의 역할을 제대로 해야 한다. 내 딸에게 가끔 부러운 듯이 말한다. '넌 좋겠다. 엄마, 아빠가 있는 네가 진심으로 부럽다'고. 그리고 엄마, 아빠의 찬스를 충분히 사용하고 누리라고. 이제는 스스로를 사랑하고 나를 돌보는 연습을 하고 두 아이에게 부모님으로부터 받은 사랑을 되돌려 줄 때가 온 것이다. 앞으로의 날들은 부모님의 병환으로 신경 쓰지 못했던 가족과 친구들에게 쓸 생각이다. 우울하게 사는 건 하늘나라에 계신 부모님도 슬퍼하실 일이다. 지금 내게 있는 것들과 자신이 얼마나 소중하고 필요한 존재인지 스스로 다독거려 본다. 부모님을 떠나보내고 나서야 진짜 부모가 되어가는 듯하다. 엄마처럼 절대로 살지 않겠다고 오만에 차 있었다. 부모가 자식을 생각하는 만큼 자식은 부모를 생각하지 않는, 내 모습을 보며 회한과 슬픔이 밀려온다. 나 자신에게 화가 많이 난다.

최근에 '천 개의 바람이 되어'라는 제목의 노래 들었다. 이 노래는 몇 년 전에 일어난 세월호 참사에 대한 추모곡으로, 세계적인 팝페라 테너 가수 임형주의 미니앨범에 수록되어 있다. 수익금 전액은 유가족에게 전달되었다고 한다. 부모님은 천 개의 바람으로, 따사로운 빛으로, 우리들 곁에 늘 함께 있음을 안다.

> 나의 사진 앞에서 울지 마오, 나는 그곳에 없어요, 나는 잠들어 있지 않아요. 나는 천 개의 바람, 저 넓은 하늘 위를 자유롭게 날고 있죠. 가을엔 곡식들을 비추는 따사로운 빛이 될게요. 겨울엔 다이아몬드처럼 반짝이는 눈이 될게요. 나의 사진 앞에 서 있는 그대, 제발 눈물을 멈춰요. 죽었다고 생각 말아요.
>
> **– 천 개의 바람 가사 중 일부**

세상에서 가장 확실한 한 가지는 누구나 다 죽는다는 것이고, 가장 불확실한 한 가지는 언제 죽을지 모르는 것이라고 누군가 말했다. 이 세상 백 년을 꽉 채워서 산다고 해도 인생은 너무 짧고 허무한 것 같다. 우리 인간의 삶은 커다란 의미의 하루살이와 같다. 부모님은 천 개의 바람으로 우리 곁에 계실 것이고, 그 바람은 우리들 일상의 빈 곳을 푸근하고 따뜻하게 채워 줄 것이라 확신한다. 이제 그리움으로 가슴에 담아드릴 아버지를 엄마 곁에 잘 모셨다. 두 분을 나란히 같이 모시고 나니 조금 덜 아프고 위안도 받는 듯하다.

2021년 겨울, 주말 오후. 소화가 안 되고 변비도 있어 속이 불편하다는 아버지께 많은 것을 드시게 했다. 많이 드시면 변비도 자연적으로 해결된다고, 온종일 이것저것을 억지로 드시게 했다. 결국은 그날 밤늦게 울산이 아닌 부산의 응급실까지 가야만 했다. 울산보다는 당신이 그동안 진료를 받아왔던 부산의 병원을 고집하셨다. 병원까지 이동 중에 식은땀을 뻘뻘 흘리면서 힘든 시간을 참았다. 내 손을 움켜잡고 1시간 이상의 고통을 참아낸 의지의 한국인이셨다. 대장암으로 인해 장이 막히고 꼬여서 응급 시술을 해야 했다. 2021년 6월 1일 결국은 대장암 수술까지 받으셨다. 고령에 기저질환이 많아 대수술을 이겨 내실 수 있을까 많이 걱정했지만, 아버지는 기적처럼 깨어나셨다. 돌아보니 정말 위험한 순간들을 많이도 견뎌냈고 또 그것을 극적으로 회복하셨다. 이번에도 코로나를 극복하고 회복하시나 했지만, 결국 폐렴으로 돌아가셨다. 그 때문에 당신이 원하는 정상적인 장례 절차에 의해 엄마 따라서 천 개의 바람이 되신 것이다. 평소에도 요양병원은 너무 싫어하셨지만 그래도 애써 잘 적응

해 주셨다. 오직 자식들 마음까지 편하게 해 주려고 외롭고 힘든 나날을 견뎌 주셨다. 통화할 때마다 당신 걱정은 아무것도 하지 말라고 오로지 당신 새끼들, 9남매가 정답게 잘 살아갈 수 있도록 집안의 해결사인 나를 믿는다고 하셨다. 돌아가시기 직전까지 당신 새끼들 개개인의 특성과 자랑거리를 하나하나 언급하면서 자랑스러워하셨다. 그리고 내게 고맙다고 속마음을 꺼내서 보이기도 하셨다. 두 분은 1935년생 동갑내기로 19살에 만나 결혼하여 마지막 가시는 날도 같은 월요일이었다. 하관식장으로 가는 도중에 운구 차량 기사가 길을 잘못 들어 잠깐 우회하는 실수까지도 먼저 가신 엄마를 따라 하셨다. 장례식장도 동일 장소, 삼일장 장례식이 진행되는 동안은 화창하고 하관식 날 이후 기상이 돌변하여 삼우제 다음날부터 비가 쏟아져 내렸다. 두 분의 산소(무덤)가 잘 다져지라고 내리는 고마운 비까지도 똑같은 상황의 재연이었다. 삼우제 다음날에 내려준 그 빗줄기조차 걱정이 되었다. 아직 제대로 다져지지 않은 산소(무덤) 위에 쏟아져 내리는 빗줄기에 산소가 파이기라도 할까 봐 염려되었다. 고향 친구한테 산소 위에 갑바(비닐)를 덮고 산소에 문제가 없는지 확인해 달라는 전화 부탁까지 두 분이 같은 상황이었다. 부모님의 금슬과 인연은 정말 대단하다는 생각이 들었다.

동갑인 두 분은 19살에 결혼하여 거의 70년을 함께 하셨다. 아들 셋을 먼저 하늘나라로 보내고 9남매를 키우면서 때로는 많은 자식이 짐이 되기도 했을 것이다. 때로는 버팀목으로 살아갈 수 있는 힘이 되기도 했을 것이다. 생전에 화장을 그토록 싫어하셨는데 두 분의 바람대로 고향의 조부모님 곁에 나란히 모실 수 있게 되어 다행스럽고 감사한 일이다. 그래서 위안도 된다. 돌아가시고는 꿈에도 안 보이시던 엄마가 아버지 가신 후 딱 일주일 만에 꿈속에서 새 구두를 신고 먼 길을 가려니 발이 불편하다고 하셨다. 내가 손을 잡아 드리면서 편안한 운동화를 사 드리겠다고 하니 집에 신발이 많으니 새로 살 필요가 없다고 하셨다. 그러면 가시지 말라고 했다. 꼭 가야만 하고 가고 싶다고 하셨다. 그래서 엄마 손을 잡고 신발 가게를 찾고 있는데 누군가 불러서 뒤돌아보는 순간 그만 엄마 손을 놓치고 말았다. 아무리 주위를 둘러보아도 엄마가 보이지 않아 목 놓아 엄마를 불렀다. 흐느끼는 내 목소리에 그만 꿈을 깨고 말았다. 새벽 1시가 조금 지난 시간이었는데 좀처럼 다시 잠을 잘 수가 없었다. 저 세상에 가셔서도 자식 돈 쓰는 것이 싫어서 새 신발 안 사도 된다고 하시는 엄마다. 딸을 데려가면 안 되는 곳이니 내 손을 놓아버린 엄마이시다. 새 운동화를 사서 산소에 다녀오겠다고 생각하고 이모님과 상의했다. 4월 초파일에 부모님을 위한 연등을 달아 드리는 것이 좋겠다고 하셨다. 편안하게 하늘나라로 가시기를 바라는 마음을 담아서 연등을 3년간 달아 드리기로 했다. 사돈 간에 유난히도 사이가 좋았던 시부모님의 연등도 함께 달아드렸다. 안사돈 바깥사돈 네 분이 만나 생전처럼 환하게 웃으시는 모습을 상상해 본다. 천 개의 바람 되신 양가 부모님은 우리들 기억 속에 영원히 함께하실 것이다.

〈부모님 산소〉

♦ 사랑하는 부모님께(하늘나라에 띄우는 글)

아직은 두 분의 이야기를 꺼내기만 해도 왈칵 눈물이 쏟아집니다. 안 계신 일상이 익숙하지가 않습니다. 살면서 종종 생각은 했지만 사랑하는 두 분이 이 세상에 없다는 것은 어떤 느낌일까? 정말 보고 싶고, 전화하고 싶은데 그 어떤 것도 할 수 없다는 것은 어떤 기분일까? 하늘이 무너지는 듯 슬프고 안타까운 마음이 들까? 막상 그 상황이 닥치고 보니…… 잘 모르겠습니다. 너무너무 보고 싶은데 그럴 수 없는 현실에 가슴이 저리고 슬픔이 밀려오는 이 기분을 어찌하면 좋을까요? 함께 계시니, 그만 미안해하고 눈물도 그만 흘리려 합니다. 두 분의 바람은 당신 새끼들이 훌훌 털고 새싹처럼 일어서는 것이겠지요? 9남매 낳아서 기르느라 정말 고생 많으셨습니다. 아버지, 어머니 정말 존경하고 많이 사랑합니다. 곁에 계셔서 든든하고 행복했습니다. 감사합니다. 안녕히 가십시오. 일생을 순하고 선하게만 살아오셨던 두 분께서 이제 영면에 드셨습니다. 멀리서 빈소를 찾아주신 분들과 위로해 주신 모든 분들께도 머리 숙여 깊은 감사를 드립니다. 아버지는 구름 한 점 없는 따스한 봄날에, 어머니는 가을볕이 너무 좋은 청명한 가을에 천 개의 바람으로 우리 곁에 계십니다. 우리 형제들은 매년 봄, 가을에 두 분 계신 곳으로 도시락을 싸서 소풍을 가자고 약속을 했습니다. 어릴 적부터 부모님을 보고 자라면서 자식은 부모의 거울이라고, 9남매는 열심히 살면서 최선을 다해 왔습니다. 저도 벌써 60을 넘었네요. 살아생전에 조금이라도 더 효도를 못해 드린 게 천추의 한으로 남습니다. 시간이 지나면 잊힌다고 위로하지만 죄스러운 마음을 평생 안고 살아갈 것 같습니다. 효도가 거창한 것이 아닌데, 나중에, 다음에, 미루다 보니 부모님의 시간은 기다려 주지 않더군요. 정말 조금만 더 시간을 붙잡고 싶었습니다. 누구에게나 부모님이 계시고 그 부모님은 언제 우리 곁을 떠날지 모르는데 '나중에 나중'이 아닌, 우리 옆에 계실 때 잘해야만…. 죄송합니다. 감사합니다. 사랑합니다. 근심과 아픔이 없는 하늘나라에서 두 분이 행복한 시간 많이 가지시고 영면하시길 두 손 모아 간절히 소망해 봅니다. 두 분에 대한 그리움을 그릴 수 있는 기억이 있다는 거 또한 축복이겠지요. 모든 것이 유한하고 무상하다고 그릴 수 있는 지금 이 순간의 기억에 그저 감사합니다.

♦ 아들에게 전하는 고백

사랑하는 아들! 엄마야,

네가 그토록 싫어하는 피아노를 억지로 시켰던 가슴 아픈 이유를 고백하고, 이해와 용서를 바라는 마음과 이런 기회를 주신 담임 선생님께 감사드리면서, 정말 행복한 마음으로 이 글을 쓴단다. 겨우 두 살 된 네게 엄마의 잘못으로 손에 화상을 입히고, 울산, 대구, 부산에 있는 병원을 돌면서 수술받았던 아픈 기억들 중에서도 상처 부위를 긁어내는 치료를 받을 때마다 고통스럽게 우는 너를 안고 차마 울음소리조차 낼 수 없는 죄인인 엄마의 눈물을 닦아주던 착한 아기, 아들의 모습이 아직도 생생하게 기억나는구나. 화상 입은 손가락이 제대로 움직이지 못하면 어쩌나 하는 두려움과 너에 대한 미안함 때문에 엄마는 참 많이도 고통스럽고 힘든 지난날들을 보냈었다. 흉터의 이유를 묻는 아들에게 당황하는 엄마를 대신해 네가 어릴 때 넘어져서 다친 것이라고 서둘러 변명하는 아빠를 보면서 엄마가 사실대로 설명하자, 착한 아들이 또 한 번 엄마를 감동시키더구나. "엄마, 내가 어려서 모르고 다리미를 만져서 화상을 입은 거지 엄마의 잘못이 아니야."라고….

손가락의 운동을 위하여 겨우 4살 된 너에게 피아노 레슨을 시켰지. 화상 입은 손가락이 제대로 피아노 건반을 누를 수 있을지, 엄마와 피아노 선생님은 끊임없이 관찰하면서 지금까지 피아노 레슨은 계속되고 있는 것이란다. 언젠가 아들이 묻더구나. "엄마! 이상하게 흉터 있는 손가락이 신경 쓰이고, 피아노 칠 때 자주 틀리고, 조금만 부딪쳐도 상처가 나, 수술하면 안 될까?"라고. 그 순간 엄마는 또 얼마나 가슴이 아팠고, 아들에게 미안했는지 모른단다. 사랑하는 아들아! 지금은 너도 알고 있듯이 아름다운 피아노곡을 한 손가락도 틀리지 않고 훌륭하게 연주할 수 있잖니? 엘리제를 위하여, 로망스, 가수 김건모의 짱가…. 등.

엄마의 부주의로 손가락에 흉터를 안고 평생을 살아가겠지만, 마음의 상처와 아들에 대한 죄스러움으로 평생을 살아갈 엄마겠지만, 지금 이 순간, 엄마는 너무 행복하단다. 아들의 아름답고 훌륭한 피아노 연주를 언제나 감상할 수 있고, 일하는 엄마를 대신해서 모든 것을 스스로 알아서 하고, 동생도 잘 돌봐주는 든든한 우리 집 장남인 아들에게 정말 고맙다는 말과 늘 필요할 때 함께 있어 주지 못하여 미안하다는 말도 덧붙이고 싶구나. 아들! 엄마가 좋아하는 곡 알지? 오늘도 엄마 행복하게 해줄 거지?

- 2002년 6월 20일. 회사에서 점심시간에 사랑하는 아들에게
영원한 엄마의 태양. 아들아, 넘 사랑한다.

〈초등학교 5학년 국어 시간, 엄마 참관 수업 자료〉

격려의 글

선배님의 도전(현대 정신)과 열정에 찬사를 드리며

2022년 3월 17일은 회사에 휴가를 내고 화이자 백신접종을 하는 날이었습니다. 회사 동료가 백신접종 후 뇌사상태에 빠지고, 같은 성당에 다니는 제 나이 또래 여성분 또한 백신을 맞고 며칠 후 사망 했다는 소식을 듣고 너무 무서워서 힘들어하고 있던 차에 제가 세상에서 가장 존경하고 사랑하는 배봉자 책임님께서 맛있는 간식 선물을 저에게 보내주셨습니다. 회사 사내 게시판을 통해 며칠 전 아버님을 어머님 계신 곳으로 배웅해 드렸다는 소식을 전해 들었고, 코로나 시국으로 차마 찾아뵙고 힘을 북돋아 드리러 가지 못한 안타까움과 죄송스러움이 있었는데 책임님께서는 제가 제일 두려워하고 힘들어하는 순간에 귀한 선물로 저에게 용기와 격려를 보내 주셨습니다. 사랑하는 분께서 주신 선물에 기분이 좋아진 저는 건강하게 백신주사를 접종할 수 있었습니다. 제가 기억하는 배봉자 책임님과의 첫 만남은, 퇴근 후 야간 자율직무교육을 수강하기 위해 방문했던 인재개발원에서 출석 진행을 도와주고 계시던 때였습니다. 굉장히 환한 미소로 수강자들의 출석 절차를 안내해 주시고, 수업 시작 전 강사님 소개와 교육생들에게 따뜻한 격려와 응원을 아끼지 않는 모습이 정말 다정해 보이셨고 그 늦은 시간까지 근무하시면서도 활력이 넘치고 100명 정도는 족히 넘을 것 같은 많은 인원 앞에서 너무나도 여유롭고 당당하게 말씀을 이어 나가시는 모습이 참 멋있으시다는 생각이 들었습니다. 배봉자 책임님은 저에게 있어 한없이 자애로우시고 따뜻하고 기품과 여유와 상냥함이 넘치시는, 정말 닮고 싶은 멋진 선배님의 모습이셨지만, 현장에서 동료들에게 전해 들은 배봉자 책임님은 정말 대단하시고 호쾌하시고 카리스마 넘치고 웬만한 남자들은 감히 꼼짝도 할 수 없는 '멋진 개척자'라는 여러 증언과 무용담들을 듣고 동경과 존경의 마음은 날로 커져만 갔었습니다. 특히 힘들어하고 있는 많은 여성 남성 동료 선배 후배 할 것 없이 물심양면 도움을 주시고 헌신하시며 많은 사람들의 사랑과 감사를 받고 계신 모습은 "사람이 어떻게 저렇게 능력 있고 멋있을 수가 있는 거지?"하는 궁금증을 자극했고 언제 한 번 찾아뵙고 대체 어떻게 하면 배봉자 책임님처럼 될 수 있는 것인지, 비결이라도 배우고 싶은 심정이었습니다. 그리고 그 비결은 바로 이 책 속에 전부 담겨 있었습니다. 여성은 결혼과 출산 후에 다시 회사에 복귀하기가 불가능에 가까웠던 문화를 최초로 깨뜨린 분이 바로 배봉자 책임님이셨다는 사실이야 이미 숱하게 많이 전해 들어 당연히 알고는 있었지만 그 이면에 있었던 불굴의 도전 정신과 처절할 정도로 엄청난 노력들을 이토록 생생하게 얘기해 주셨던 분은 감히 아무도 없으셨습니다. 그저 막연하게나마 "정말 많이 힘드셨을 것이다. 참 대단하신 분이다."라는 얘기로 지레짐작만 해 볼 수 있을 뿐이었습니다. 읽다가 너무나도 공감 가는 말씀에 울컥하고, 너무나도 가슴 아프고 안타까운 경험에 눈물 흘리고 빛나는 성취와 이뤄내신 값진 성공담들을 보고 환호하고 박수 치며 많은 감동과 배움을 받았습니다. 사회에 진출하는 많은 젊은이들에게 이 책을 선물 해 드리면서 반드시 꼭 읽어봐야만 하는 책이라고 강력하게 추천하고 싶어지는 '필독서'라는 생각이 들었습니다. 현대중공업에서 많은 업적과 전설을 이루시고 힘든 역경과 고난, 어려움들을 끝끝내 이겨 내어 많은 후배들에게 희망과 모범이 되어주신 배봉자 책임님께서 향하시는 발길과 미래마다 눈부신 행복과 찬란한 기쁨, 행복 가득한 웃음만이 늘 충만하시길 두 손 모아 기도를 드립니다.

– 사랑하고 존경하는 배봉자 책임님의 후배 직원, 윤00 드림

Way Maker 배봉자

약 40년 전, 불모지 같았던 현대중공업 여성 인권은 그녀를 통해 하나하나 역사가 이뤄졌습니다. 지금 우리가 당연하게 누리는 모든 것들이 그녀의 갈망과 눈물과 피땀의 결과물이었기에 깊은 감사를 드리며, 아울러 아직도 그녀의 손길이 필요함에 아쉬움이 더욱 큽니다. 이제, 그녀의 인생 백서를 통해 작지만 강했던 한 소녀가 정년퇴임을 앞두고 지난 세월의 시간을 되뇌며, 제2의 인생 서막을 엽니다. 찰나 같기도 억겁 같기도 했던 긴 세월 동안 어느 하나 가벼이 여기지 않고 따듯했던 그녀를 기억하겠습니다.

– 정00 책임 매니저(자원재활용팀)

"내 자신의 퍼스널 브랜드 구축을 위해 본질에 집중하며 일관성과 지속성을 갖고 노력한다면 어느새 회사와 경력, 학력의 울타리에서 벗어나 나 자신을 가장 잘 드러낼 수 있는 브랜드를 가질 수 있게 될 것이다. 이제 퍼스널 브랜드는 나의 새로운 꿈이고 미래가 될 것." 현재 제가 가장 고민하는 부분이기도 하고, 선배님의 회고록 중 마음에 가장 울림을 받은 글귀를 남겨봅니다. 자신을 브랜드로 생각한다는 것 자체가 내가 되고 싶은 모습, 닮고 싶은 무엇을 만드는 것일 텐데, 이는 꿈과 목표를 갖게 된다는 말임과 동시에 이를 실천하기 위해 계획하고 노력하는 모든 과정들, 시간들이 포함될 거라 생각됩니다. 글을 읽는 내내 자신을 브랜드화하기란 참 쉽지 않은 일임을 여러 번 깨닫게 되는 순간이었습니다. '배봉자'라는 브랜드가 누군가에게 확실한 브랜딩이 되기까지 얼마나 많은 각고의 시간들을 겪어 왔는지 늘 고민하고 노력하던 선배님의 모습에 저 또한 다시 한번 저를 돌아보는 시간이 되었습니다. 선배님이 사신 세상보다 훨씬 더 나은 세상에 살고 있는 저에게 지금의 순간을 항상 감사하고, 앞으로 내가 만들고 싶은 브랜드는 무엇인지 열심히 고민해 보겠습니다. 좋은 글 주셔서 감사합니다. 더 승승장구 하실 선배님의 미래를 늘 응원하겠습니다.

– 박OO 책임 매니저

몇 번 뵙지 못했지만, 성희롱예방교육 받으면서 선배님을 알았지만, 정년을 앞둔 나이라고는 상상도 못 했습니다. 세상에나…. 우리 회사 여사원의 첫 타이틀을 여러 개 가지셨다는 것에 두 번째로 놀랐습니다. 사무직으로 정년도 힘든데, 또다시 여직원 정년 최초 타이틀이 아닌지 모르겠습니다. 아마도 선배님이 젊어 보이는 것은 자신 있는 표정과 몸짓, 정곡을 찌르는 말투 때문이 아니었나 생각합니다. 지금까지처럼 자신 있는 모습을 보여주시고 남은 기간 정리 잘하시기를 바랍니다. 선배님의 노고가 있기에 후배들이 뒤를 잘 이어가고 있습니다. 수고하셨다는 말씀은 나중에 퇴직하실 때 드리려고 아껴 두겠습니다. 감사합니다.

– 김00 책임 매니저

정말 존경합니다. 우리의 영원한 우상이자 멘토이십니다. 내용을 차근차근 읽으면서 공감과 함께 눈시울이 붉어집니다. 제게도 지난 몇십 년 전의 생활들이 떠 오르네요. 고생하고 힘들었지만 보람 있는 결과로 증명을 해 주니 더할 수 없이 좋습니다. 뒤따르는 후배의 입장에서 많이 존경합니다. 앞으로도 뜻하시는 모든 일들이 다 잘 이루어지길 응원합니다. 늘 건강하십시오.

– 송00 책임 매니저

멋진 글 잘 읽었습니다. 입사하고 처음 배봉자 책임님께 교육받던 날을 아직도 생생히 기억합니다. 좋은 영향력 주셔서 감사합니다. 수고 많으셨습니다. 파이팅하십시오.

– 정00 선임 매니저

벌써 정년 퇴직이신지요? 성품이 적극적이고 가만히 계시질 못하시네요! 그동안 고생하셨고, 정년 축하드리며, 새로운 출발 성공하시길 기원합니다.

– 정00 책임 매니저

정말 오랜만입니다. 반갑습니다. 글을 보니 배 책임님은 선도자의 길을 씩씩하게 걸으셨고 좋은 성과도 내셨습니다. 앞으로도 더욱 좋은 일 많이 하시고 건강하시길 바랍니다.

– 이00 상무

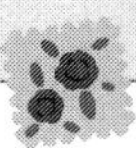

글을 읽어보니 치열하게 살아온 삶을 느끼게 됩니다. 여성이기에 부닥치고, 타파하며 걸어온 길을 제가 얼마나 이해할 수 있겠습니까마는, 굳건하게 오늘 이 자리에 서 계신 모습에 경의를 표합니다. 여성들의 건강한 삶, 차별 없는 사회를 위해 앞으로도 많은 노력을 기대합니다. 앞으로도 더욱 값진 성과 이루시길 바랍니다.

– 조00 전무

책임님의 직장 생활도 이제 종착역에 도달하게 되네요. 최초의 수식어를 달고 다니느라 한편으로는 자랑스럽고, 또 다른 한편으로는 부담과 저항을 많이 받으셨으리라 봅니다. 회사 업무하시면서 또 다른 분야의 전문가로서 왕성하게 대외 활동하시는 것도 보기 좋습니다. 그동안 고생 많으셨고, 앞으로도 건강하시고 희망한 새해 만들어 가시기 바랍니다.

– 이00 책임 매니저

배봉자 책임 매니저님, 아니 선배님! 지금도 깨기 어렵다는 단단한 강화유리 천장을 보란 듯이 깨고, 당당한 여성 파워를 보여주신 것은 타 여직원이나 남성 직원에게도 큰 귀감이 될 것입니다. 학교 선배로서, 회사 선배로서 든든하고 좋은 말씀도 많이 해 주시고 도움 많이 주셔서 굉장히 감사드리며, 회사 밖에서도 건승하시리라 믿어 의심치 않습니다. 새로운 시작을 진심으로 응원하며 항상 건강하시길 기원합니다.

– 유00 과장(새마을금고)

그리우면 울어라, 울다 지치면 자고…. 부모가 그리운 건 인지상정인데 우짜겠노? 이 그리움은 세월이 약이고 죽어야 없어지는 세상사 숙명인 것을…. 인생에 정답이 어디 있노? 부모를 최우선에 두고 산 나도 부모가 보고 싶어 지금도 우는데…. 정답 없다. 그냥 하루하루 재미있게든 열심히든 죽치든 최선을 다해 살면 된다. 그 기준은 항상 자신이 우선되어야 한다. 자신이 건강하고 행복해야 자식도 신랑도 있다. 부모님께 잘했다. 아무리 잘해도 그립고 못 해 준 것만 생각되는 것이 부모님이다. 그러나 부모님께서 미진했던 삶, 당신이 그만큼 잘 살면 된다.

– 부친 삼일장 후 남편이 가족톡에 남긴 글

에필로그

세월의 모래밭에 발자국만 남기고 떠나가려니 마음이 아리고 가슴 뜨거운 기억들이 스쳐 지나간다. 기본을 지키고, 기본기를 단단하게 갖추고, 기본 틀만 맞춰도 한 실력 하는 것이라 믿고 되돌아갈 수 없는 한 시절을 후회 없이 보냈다. 회사를 떠나면 또 다른 바람개비를 돌리며 앞으로 달려갈 것이다. 남은 영혼을 불살라서 소중하고 괜찮은 제2의 인생을 맞을 참이다. 첫 직장이면서 마지막 직장인 현대중공업은 내 인생 제1막의 파노라마였다. 우렁찬 현대 찬가가 울리고, 왕회장님의 철학으로 가득한 회사에 첫 출근을 한 지 42년이 지나갔다. 꿈과 희망을 아이콘으로 내 영혼을 발휘했다. 내가 듣고 싶은 말을 함께 하는 많은 사람들에게 들려줄 수 있는 맑은 하루가 되기를 간절히 바랐다. 속 울음 울어가며 거센 물살을 헤치고 올랐다. 코뿔소가 코끼리에게 밟히지 않기 위해 순종도 했다. 물고기가 물과 다투지 않고 흘러가는 그런 처세술로 회사생활을 영위했다. 소매를 걷어 올려서 용감히 투쟁한 노동 전사들과 함께 병폐를 타파하고 근로의 자유와 권익을 쟁취했다. 회사의 유니폼을 입고 있던 시간이 힘들기도 했지만 어쩌면 행복했는지도 모른다. 회사는 일을 통해 배우고 성장하는 공간이기에 열정적으로 근무했다. 건강은 돈

주고도 어디에도 빌릴 수 없으니 스스로가 챙겨야 한다. 재능을 숨기지 말고 장한 전문가 정신으로 살아가야 한다고 버텨왔다. 아무렇지도 않았던 일상도 '마지막'이라는 단어 하나 붙으면 멈칫, 마음 한켠이 아려 온다. 내일은 첫날이라고, 오늘도 처음 맞는 날로 살라고, 마지막과 처음이 공존하기에 서운함이 설렘이 되어 숨 쉬면서 견뎠다. 이미 일어난 일을 되돌리거나 없앨 수는 없지만, 그 일의 기억을 그려내는 건 할 수 있다. 지금 이 순간을 사는데 가볍고 경쾌한 호흡을 할 수 있도록 편안한 미소 지을 수 있도록, 온화한 마음결 이어질 수 있도록 사랑하고 타인을 이롭게 하는 기억으로 살았다. 어느덧 정년퇴직, 쉽지 않은 인생 여정이었기에 더더욱 단단하게 내 존재 뿌리를 뻗어갈 수 있었던 42년의 세월이 너무나 소중하다. 실수를 하지 않으려고 완벽한 척하는 실수를 밥 먹듯이 하면서도 그것이 실수인 걸 모르고 살았던 시간, 그 시간이 부끄럽고 되돌릴 수 없는 아쉬움에 후회도 많다. 하지만 나이가 차곡차곡 내게 준 선물 더미 속에 부끄러움과 후회가 세상을 조금은 더 따뜻하게 품을 수 있는 나를 태우는 땔감이 되었다는 걸 이제는 안다. 내가 갖지 못한 것을 갈망하느라 지금 갖고 있는 소중한 것들에 감사하지 못하는 어리석음을 범하지 않고, 마음먹은 것들 후련하게 이루는, 그저 감사로 내 맘 기쁨 채울 수 있는 인생 2막을 살고 싶다. 불필요한 것을 고요하게 거둬내고 단단하고 따뜻한 제2의 인생을 가볍게 시작할 수 있게 '비움'을 기도한다. 그야말로 다사다난했던 42년의 직장 생활을 조용히, 아름답게 마무리하려 한다. 살면서 없을 땐 소중함을 깨닫고 있을 때는 '당연함'으로 살아간다. 때로는 건강을 잃고서, 사람을 잃고 나서야 그 소중함을 느낀다. 젊음을 잃고 나서야 그 찬란함을 겨우 안다. 가장 소중한 것은 지금 내가 당연하다고 생각하는 것들인데 그 당연한 것들에게 감사해야 함은 안다. 시작에서 잇는 점이 끝을 찍는 점이 되고 그것이 또 새로운 시작을 잇는 점이 될 것이다. 점과 점이 이어지는 선. 그것이 내가 살아왔던 길이다. 이왕지사 그어야 할 선이니 꾹 하고 점 하나 더 찍어 나가는 오늘로 또 내일을 살아나갈 것이다. 돌아보면 감사하지 않은 게 없다. 살아 숨 쉬고 있음이 축복이고 내가 가진 것에 감사 또 감사한 마음으로 넉넉한 노후를 맞을 것이다. 좋은 분들과 함께했다는 것은 참 행복한 일이다. 보내 주신 사랑과 배려에 진심으로 감사드린다. 건강과 평안이 늘 함께하길 바란다.